SV

Band 908 der Bibliothek Suhrkamp

Pablo Neruda
Die Raserei und die Qual

Gedichte
Spanisch und deutsch
Auswahl, Übertragung und Nachwort
von Hans Magnus Enzensberger

Suhrkamp Verlag

Die vorliegenden Gedichte sind eine Auswahl aus den folgenden Bänden:
Las furias y las penas y otros poemas; Residencia en la Tierra I; Residencia en la Tierra II – erschienen in der Colección Residencia en la Tierra, Cruz del Sur, Prensas de la Universidad de Chile, Santiago 1947.
Die Übersetzungen stammen aus den Jahren 1952-1954.
Sie wurden für diese Ausgabe neu durchgesehen.

Erste Auflage 1986
Auswahl aus Pablo Neruda *Las furias y las penas y otros poemas; Residencia en la Tierra I, II* (»Aufenthalt auf Erden«)
mit Genehmigung des Hermann Luchterhand Verlages, Darmstadt und Neuwied.

Druck: Nomos Verlagsgesellschaft, Baden-Baden
Printed in Germany

Für Carla und Roberto Torretti
1954

SOBRE UNA POESÍA SIN PUREZA

Es muy conveniente, en ciertas horas del día o de la noche, observar profundamente los objetos en descanso: Las ruedas que han recorrido largas, polvorientas distancias, soportando grandes cargas vegetales o minerales, los sacos de las carbonerías, los barriles, las cestas, los mangos y asas de los instrumentos del carpintero. De ellos se desprende el contacto del hombre y de la tierra como una lección para el torturado poeta lírico. Las superficies usadas, el gasto que las manos han infligido a las cosas, la atmósfera a menudo trágica y siempre patética de estos objetos, infunde una especie de atracción no despreciable hacia la realidad del mundo.

La confusa impureza de los seres humanos se percibe en ellos, la agrupación, uso y desuso de los materiales, las huellas del pie y los dedos, la constancia de una atmósfera humana inundando las cosas desde lo interno y lo externo.

Así sea la poesía que buscamos, gastada como por un ácido por los deberes de la mano, penetrada por el sudor y el humo, oliente a orina y a azucena salpicada por las diversas profesiones que se ejercen dentro y fuera de la ley.

Una poesía impura como un traje, como un cuerpo, con manchas de nutrición, y actitudes vergonzosas, con arrugas, observaciones, sueños, vigilia, profecías, declaraciones de amor y de odio, bestias, sacudidas, idilios, creencias políticas, negaciones, dudas, afirmaciones, impuestos.

ÜBER EINE POÉSIE IMPURE

Es ist gut, sich zu gewissen Stunden des Tages oder der Nacht in den Anblick der unbewegten Dinge zu versenken: der Räder, die große Lasten von Früchten oder Gestein über weite, staubige Strecken befördert haben, der Säcke in den Kohlenhandlungen, der Fässer, der Körbe, der Hefte und Griffe am Werkzeug des Zimmermanns. Sie können dem gefolterten Dichter zur Lehre dienen. Die Erde und die Hand des Menschen haben auf ihnen ihre Spur hinterlassen, er braucht sie nur abzulesen. Die abgenutzten, abgegriffenen Oberflächen solcher Gegenstände sind mit einer Aura umgeben, die oft etwas Tragisches hat und immer das Herz ergreift. Wer sie nicht geringschätzt, wer sich ihrem Schwerefeld ergibt, nähert sich der Wirklichkeit dieser Welt.

Das unreine, das vermischte Wesen des Menschengeschlechts ist ihnen anzumerken, die Ansammlung der Stoffe, ihr Gebrauch und ihr Brachliegen, die Fährten von Fuß und Fingern, der beständige Geruch menschlicher Gegenwart, der sie von innen heraus und von außen her sättigt und tränkt.

So soll die Dichtung aussehen, die wir suchen: verwüstet von der Mühe der Hände wie von einer Säure, vom Schweiß und vom Rauch durchdrungen, eine Dichtung, die nach Urin und nach weißen Lilien riecht, eine Dichtung, in der eine jede Verrichtung des Menschen, erlaubt oder verboten, ihre Spuren hinterlassen hat.

Eine Dichtung, unrein wie ein Anzug, wie ein Körper, von Speisen befleckt, eine Dichtung, die Handlungen der Scham und der Schande kennt, Träume, Beobachtungen, Runzeln, schlaflose Nächte, Ahnungen; Ausbrüche des Hasses und der Liebe; Tiere, Idyllen, Erschütterungen; Verneinungen, Ideologien, Behauptungen, Zweifel, Steuerbescheide.

La sagrada ley del madrigal y los decretos del tacto, olfato, gusto, vista, oído, el deseo de justicia, el deseo sexual, el ruido del océano, sin excluir deliberadamente nada, sin aceptar deliberadamente nada, la entrada en la profundidad de las cosas en un acto de arrebatado amor, y el producto poesía manchado de palomas digitales, con huellas de dientes y hielo, roído tal vez levemente por el sudor y el uso. Hasta alcanzar esa dulce superficie del instrumento tocado sin descanso, esa suavidad durísima de la madera manejada, del orgulloso hierro. La flor, el trigo, el agua tienen también esa consistencia especial, ese recurso de un magnífico tacto.

Y no olvidemos nunca la melancolía, el gastado sentimentalismo, perfectos frutos impuros de maravillosa calidad olvidada, dejados atrás por el frenético libresco: la luz de la luna, el cisne en el anochecer, »corazón mío« son sin duda lo poético elemental e imprescindible. Quien huye del mal gusto cae en el hielo.

Die geheiligte Vorschrift des Madrigals; die Gesetze des Tastens, Riechens, Schmeckens, Sehens und Hörens; das Verlangen nach Gerechtigkeit; das sexuelle Verlangen; das Geräusch des Meeres; ohne die Absicht, irgend etwas auszuschließen, ohne die Absicht, irgend etwas gutzuheißen; der Eintritt in die Tiefe der Dinge in einem Akt jäher Liebe, und das dichterische Produkt: von Tauben, von Fingerabdrücken besudelt, mit den Spuren von Zähnen und Eis übersät, möglicherweise angenagt von Schweiß und Gewohnheit, bis es die zarte Glätte eines rastlos geführten Werkzeugs, die überaus harte Sanftmut von abgenutztem Holz, von hochmütigem Eisen erreicht hat. Auch die Blume, den Weizen und das Wasser zeichnet diese Tastbarkeit, diese einzigartige Konsistenz aus.

Und vergessen wir niemals die Melancholie, die verschlissene Sentimentalität, Früchte wunderbarer, vergessener Kräfte des Menschen, unrein, vollkommen, weggeworfen vom Wahn der Literaten: das Licht des Mondes, der Schwan in der Dämmerung, »Herz, mein Herz«: das ist ohne Zweifel elementare und unausweichliche Poesie. Wer sich vor dem Geschmacklosen fürchtet, den holt der Frost.

LA CALLE DESTRUÍDA

Por el hierro injuriado, por los ojos del yeso
pasa una lengua de años diferentes
del tiempo. Es una cola
de ásperas crines, unas manos de piedra llenas de ira,
y el color de las casas enmudece, y estallan
las decisiones de la arquitectura,
un pie terrible ensucia los balcones:
con lentitud, con sombra acumulada,
con máscaras mordidas de invierno y lentitud,
se pasean los días de alta frente
entre casas sin luna.

El agua y la costumbre y el lodo blanco
que la estrella despide, y en especial
el aire que las campanas han golpeado con furia
gastan las cosas, tocan
las ruedas, se detienen
en las cigarrerías,
y crece el pelo rojo en las cornisas
como un largo lamento, mientras a lo profundo
caen llaves, relojes,
flores asimiladas al olvido.

Dónde está la violeta recién parida? Dónde
la corbata y el virginal céfiro rojo?
Sobre las poblaciones
una lengua de polvo podrido se adelanta
rompiendo anillos, royendo pintura,
haciendo aullar sin voz las sillas negras,
cubriendo los florones del cemento, los baluartes
de metal destrozado,
el jardín y la lana, las ampliaciones de fotografías ardientes

VERFALLENE STRASSE

Übers beleidigte Eisen, über die Augen des Gipses
geht eine Zunge hin, jahrelang, verschieden
von jeglicher Zeit. Mähne, Schweif
aus rauhem Roßhaar, steinerne Hände voll Zorn!
Die Farbe der Häuser verstummt, und es bersten
die festen Beschlüsse der Architektur,
ein schrecklicher Fuß beschmutzt die Balkone:
mit langer Geduld, mit gesammelten Schatten,
mit Larven, von Winter und Weile benagt,
schreiten die Tage mit hoher Stirn
zwischen mondlosen Häusern vorbei.

Das Wasser und die Gewohnheit und dieser weiße Kot,
den der Stern auswirft, und besonders
die Luft, von wütenden Glocken zerschlagen,
verschleißen die Dinge, vergreifen sich
an den Rädern, verweilen
in den Tabakgeschäften,
und auf den Simsen wuchert das rote Haar
wie eine schleppende Klage, während Schlüssel
ins Tiefe fallen, Uhren,
vom Vergessen verschluckte Blumen.

Wohin ist das neugeborene Veilchen? Wohin
der Schlips und der rote unschuldige Zephir?
Über die Ortschaften fährt
eine vermoderte Staub-Zunge hin,
zerscheuert Ringe, nagt an der Tünche,
reizt die schwarzen Stühle zu stummem Geheul,
deckt die Stuckblumen zu, die Bastionen
aus zerfreßnem Metall,
die Wolle, die Gärtnereien, die Vergrößerungen brennender Fotos,

heridas por la lluvia, la sed de las alcobas, y los grandes
carteles de los cines en donde luchan
la pantera y el trueno,
las lanzas del geranio, los almacenes llenos de miel perdida,
la tos, los trajes de tejido brillante,
todo se cubre de un sabor mortal
a retroceso y humedad y herida.
Tal vez las conversaciones anudadas, el roce de los cuerpos,
la virtud de las fatigadas señoras que anidan en el humo,
los tomates asesinados implacablemente,
el paso de los caballos de un triste regimiento,
la luz, la presión de muchos dedos sin nombre
gastan la fibra plana de la cal,
rodean de aire neutro las fachadas
como cuchillos: mientras
el aire del peligro roe las circunstancias,
los ladrillos, la sal se derraman como aguas
y los carros de gordos ejes tambalean.

Ola de rosas rotas y agujeros! Futuro
de la vena olorosa! Objetos sin piedad!
Nadie circule! Nadie abra los brazos
dentro del agua ciega!
Oh movimiento, oh nombre malherido,
oh cucharada de viento confuso
y color azotado! Oh herida en donde caen
hasta morir las guitarras azules!

verletzt vom Regen, die durstigen Liebesnester, und die großen
Kinoplakate, auf denen der Donner
mit der Raubkatze ringt,
die Lanzen der Geranien, die Speicher voll verdorbenem Honig,
den Husten, die Kleider aus schimmerndem Stoff,
alles bedeckt ein Todesgeruch,
der schmeckt nach Zurück, nach Verwundung und Nässe.
Vielleicht ist es das Gewebe des Redens, die Reibung der Leiber,
die Tugend ermatteter Gattinnen, die im Rauche nisten,
der unbarmherzige Mord an den Tomaten,
der Trott der Pferde eines trostlosen Regiments,
das Licht, der Druck vieler anonymer Finger,
was an der flachen Fiber des Kalkes nagt,
was die Fassaden mit Niemandswind
wie mit Messern umzingelt: während der Hauch
der Gefahr an den Umständen frißt,
treten Ziegel und Salz wie Wasser über die Ufer,
und auf plumpen Achsen taumeln Karren vorbei.

Woge aus Löchern, aus zerbrochenen Rosen! Zukunft
der duftenden Ader! Unbarmherzige Dinge!
Es rühre sich keiner vom Fleck! Keiner breite
im blinden Wasser die Arme aus!
O Regung, o tödlich verwundeter Name,
o Löffelvoll verworrener Brise
und gepeitschter Farbe! O Wunde, in die
bis zum Tod die blauen Gitarren fallen!

MELANCOLÍA EN LAS FAMILIAS

Conservo un frasco azul,
dentro de él una oreja y un retrato:
cuando la noche obliga
a las plumas del buho,
cuando el ronco cerezo
se destroza los labios y amenaza
con cáscaras que el viento del océano a menudo perfora,
yo sé que hay grandes extensiones hundidas,
cuarzo en lingotes,
cieno,
aguas azules para una batalla,
mucho silencio, muchas
vetas de retrocesos y alcanfores,
cosas caídas, medallas, ternuras,
paracaídas, besos.

No es sino el paso de un día hacia otro,
una sola botella andando por los mares,
y un comedor adonde llegan rosas,
un comedor abandonado
como una espina: me refiero
a una copa trizada, a una cortina, al fondo
de una sala desierta por donde pasa un río
arrastrando las piedras. Es una casa
situada en los cimientos de la lluvia,
una casa de dos pisos con ventanas obligatorias
y enredaderas estrictamente fieles.

Voy por las tardes, llego
lleno de lodo y muerte,
arrastrando la tierra y sus raíces,
y su vaga barriga en donde duermen

MELANCHOLIE ZUHAUS

Ich habe eine Flasche aus blauem Glas,
in der ich aufbewahre ein Ohr und ein Bildnis:
wenn die Nacht fährt
in des Uhus Gefieder,
wenn der heisere Kirschbaum
sich die Lippen zerreißt, wenn er droht
mit seiner oft vom Seewind zerfetzten Rinde,
weiß ich, daß es große versunkene Regionen gibt,
Quarz in Barren,
Schlamm,
blaue Wasser für eine Schlacht,
vieles was schweigt, viele Flöze,
in denen Rückschritt und Kampfer warten,
gesunkene Sachen, Schaumünzen, Zärtlichkeiten,
Fallschirme, Küsse.

Es ist weiter nichts als der Schritt eines Tages auf einen andern zu,
eine einsame Flasche, die durch die Meere wandert,
und ein Eßzimmer, in das jemand Rosen bringt,
ein Eßzimmer, übriggelassen
wie eine Gräte: wovon ich rede, das ist
ein zerbrochenes Glas, eine Gardine, im Hintergrund
eines verödeten Zimmers: ein Fluß rollt hindurch
und schwemmt die Steine davon. Er ist ein Haus,
das auf den Grundmauern des Regens steht,
ein zweistöckiges Haus mit vorschriftsmäßigen Fenstern,
das der treue Efeu erstickt.

Ich geh durch den Abend, ich trete ein
satt von Schmutz und Tod,
ich schwemme die Erde mit und ihre Wurzeln,
und ihren maßlosen Bauch, in dem Leichen

cadáveres con trigo,
metales, elefantes derrumbados.

Pero por sobre todo hay un terrible,
un terrible comedor abandonado,
con las alcuzas rotas
y el vinagre corriendo debajo de las sillas,
un rayo detenido de la luna,
algo oscuro, y me busco
una comparación dentro de mí:
tal vez es una tienda rodeada por el mar
y paños rotos goteando salmuera.
Es sólo un comedor abandonado,
y alrededor hay extensiones,
fábricas sumergidas, maderas
que sólo yo conozco,
porque estoy triste y viajo,
y conozco la tierra, y estoy triste.

beim Weizen schlafen,
Metalle, zusammengebrochene Elefanten.

Aber vor allem ist da ein entsetzliches,
ein entsetzlich verödetes Eßzimmer,
und der Ölkrug ist schartig,
und der Essig rinnt unter den Stühlen fort,
ein erstarrter Mondstrahl, allerhand
Dunkles: und ich taste und suche
in meinem Innern nach einem Gleichnis:
vielleicht ist es ein Laden mitten im Meer
und Brackwasser, das aus verrotteten Tüchern trieft.
Aber es ist nichts als ein verödetes Eßzimmer da,
und rings umher dehnen sich Flächen,
ertrunkne Fabriken, Treibholz,
nur ich weiß davon und sonst niemand,
weil ich dunkel bin und unterwegs,
und der Erde kundig, und dunkel.

WALKING AROUND

Sucede que me canso de ser hombre.
Sucede que entro en las sastrerías y en los cines
marchito, impenetrable, como un cisne de fieltro
navegando en un agua de origen y ceniza.

El olor de las peluquerías me hace llorar a gritos.
Sólo quiero un descanso de piedras o de lana,
sólo quiero no ver establecimientos ni jardines,
ni mercaderías, ni anteojos, ni ascensores.

Sucede que me canso de mis pies y mis uñas
y mi pelo y mi sombra.
Sucede que me canso de ser hombre.

Sin embargo sería delicioso
asustar a un notario con un lirio cortado
o dar muerte a una monja con un golpe de oreja.
Sería bello
ir por las calles con un cuchillo verde
y dando gritos hasta morir de frío.

No quiero seguir siendo raíz en las tinieblas,
vacilante, extendido, tiritando de sueño,
hacia abajo, en las tripas mojadas de la tierra,
absorbiendo y pensando, comiendo cada día.

No quiero para mí tantas desgracias.
No quiero continuar de raíz y de tumba,
de subterráneo solo, de bodega con muertos,
aterido, muriéndome de pena.

WALKING AROUND

Mit einmal bin ich es müde, ein Mensch zu sein.
Mit einmal trete ich ein in Schneidereien und Kinos,
undurchdringlich und welk wie ein Schwan aus Filz,
der hintreibt auf einem Wasser von Ursprung und Asche.

Ein Geruch kommt aus den Frisiersalons, daß ich schreie vor
 Trauer.
Ich will nichts weiter als ausruhn wie Stein oder Wolle,
und nichts mehr sehen, weder Geschäfte noch Gärten,
keine Waren, keine Aufzüge, keine Brillen.

Mit einmal habe ich meine Füße und Nägel satt
und mein Haar und meinen Schatten.
Mit einmal bin ich es müde, ein Mensch zu sein.

Freilich wäre es köstlich,
mit gezückter Lilie einen Notar zu erschrecken
oder mit einem Schlag meines Ohrs eine Nonne zu töten.
Es wäre herrlich,
mit einem grünen Messer durch die Straßen zu laufen
und bis zum Erfrieren die Luft mit Schreien zu füllen.

Ich will nicht länger in dieser Finsternis wurzeln,
eine taumelnde Masse, klappernd vor Müdigkeit,
nach unten gezerrt ins nasse Eingeweide der Erde,
nicht länger schlucken, denken, Tag für Tag essen.

Ich will soviel Unglück nicht länger leiden,
ich will nicht länger Wurzel sein oder Grab,
unterirdisch allein, ein Keller mit Toten,
starr vor Kälte, und sterben vor Kummer.

Por eso el día lunes arde como el petróleo
cuando me ve llegar con mi cara de cárcel,
y aúlla en su transcurso como una rueda herida,
y da pasos de sangre caliente hacia la noche.

Y me empuja a ciertos rincones, a ciertas casas húmedas,
a hospitales donde los huesos salen por la ventana,
a ciertas zapaterías con olor a vinagre,
a calles espantosas como grietas.

Hay pájaros de color de azufre y horribles intestinos
colgando de las puertas de las casas que odio,
hay dentaduras olvidadas en una cafetera,
hay espejos
que debieran haber llorado de vergüenza y espanto,
hay paraguas en todas partes, y venenos, y ombligos.

Yo paseo con calma, con ojos, con zapatos,
con furia, con olvido,
paso, cruzo oficinas y tiendas de ortopedia,
y patios donde hay ropas colgadas de un alambre:
calzoncillos, toallas y camisas que lloran
lentas lágrimas sucias.

Deswegen brennt jeder Montag wie entflammtes Benzin,
wenn er mich kommen sieht mit meinem Zuchthausgesicht,
und heult im Vorüberrollen wie ein geborstenes Rad,
und stapft der Nacht entgegen mit heißem, blutigem Schritt.

Und er treibt mich in manche Winkel, in manche feuchte Gebäude,
in Krankenhäuser, aus deren Fenstern Gebeine fliegen,
in manche Flickschustereien, wo es nach Essig riecht,
in Gassen, die schrecklich wie Erdspalten sind.

Es gibt Vögel, wie Schwefel gelb, und abscheuliche Därme,
die im Türstock von Häusern hängen, verhaßten Häusern,
es gibt Gebisse, in Kaffeekannen vergessen,
es gibt Spiegel,
die geweint haben müssen vor Scham und Entsetzen,
überall gibt es Nabel, und Regenschirme, und Gift.

Ich gehe und trage meine Gelassenheit, meine Augen, meine
Schuhe,
meine Wut, mein Vergessen
quer durch Kanzleien und orthopädische Läden,
quer durch Hinterhöfe, wo Wäsche an einem Draht hängt:
Handtücher, Unterhosen und Hemden weinen dort
ihre langsamen schmutzigen Tränen.

ODA CON UN LAMENTO

Oh niña entre las rosas, oh presión de palomas,
oh presidio de peces y rosales,
tu alma es una botella llena de sal sedienta
y una campana llena de uvas es tu piel.

Por desgracia no tengo para darte sino uñas
o pestañas, o pianos derretidos,
o sueños que salen de mi corazón a borbotones,
polvorientos sueños que corren como jinetes negros,
sueños llenos de velocidades y desgracias.

Sólo puedo quererte con besos y amapolas,
con guirnaldas mojadas por la lluvia,
mirando cenicientos caballos y perros amarillos.
Sólo puedo quererte con olas a la espalda,
entre vagos golpes de azufre y aguas ensimismadas,
nadando en contra de los cementerios que corren en ciertos ríos
con pasto mojado creciendo sobre las tristes tumbas de yeso,
nadando a través de corazones sumergidos
y pálidas planillas de niños insepultos.

Hay mucha muerte, muchos acontecimientos funerarios
en mis desamparadas pasiones y desolados besos,
hay el agua que cae en mi cabeza,
mientras crece mi pelo,
un agua como el tiempo, un agua negra desencadenada,
con una voz nocturna, con un grito
de pájaro en la lluvia, con una interminable
sombra de ala mojada que protege mis huesos:
mientras me visto, mientras

ODE UND ELEGIE

O Mädchen unter den Rosen, o Last von Tauben,
o Gefängnis der Fische und Rosenstauden,
deine Seele ist eine Flasche voll durstigem Salz
und eine Glocke voll Trauben ist deine Haut.

Mein Elend ist, ich habe nichts, was ich dir schenken könnte,
als Nägel
oder Wimpern oder Klaviere, in Liebe zerschmolzen,
oder Träume, die hastig aus meinem Herzen springen,
staubige Träume, die jagen wie schwarze Reiter einher,
Träume voll Unglück und Heftigkeit.

Ich kann dich nur mit Küssen und Mohnblumen lieben,
mit Girlanden, vom Regen durchnäßt,
mit aschgrauen Pferden und gelben Hunden in meinen Augen.
Ich kann dich nur mit Wellen lieben, die hinter mir herziehen,
ungewiß angefallen von Schwefel und grüblerischen Gewässern,
denn ich schwimme gegen den Strom der Friedhöfe, die auf
manchen Flüssen einhertreiben
mit nassem wucherndem Gras auf den traurigen Gräbern aus Gips,
und schwimme quer durch ertränkte Herzen
und bleiche Zeugnisse von unbeerdigten Kindern.

Da ist viel Tod, viel Leichenbegängnis
in meinen hilflosen Leidenschaften und trostlosen Küssen,
da ist das Wasser, das in mein Haupt rinnt,
während mein Haar wächst,
ein Wasser, das wie die Zeit ist, ein schwarzes, entfesseltes Wasser
mit einer nächtlichen Stimme, mit dem Schrei
eines Vogels im Regen, mit dem endlosen Schatten
nasser Flügel ausgespannt über meinem Gebein:
während ich mich ankleide, während ich

interminablemente me miro en los espejos y en los vidrios,
oigo que alguien me sigue llamándome a sollozos
con una triste voz podrida por el tiempo.

Tú estás de pie sobre la tierra, llena
de dientes y relámpagos.
Tú propagas los besos y matas las hormigas.
Tú lloras de salud, de cebolla, de abeja,
de abecedario ardiendo.
Tú eres como una espada azul y verde
y ondulas al tocarte, como un río.

Ven a mi alma vestida de blanco, con un ramo
de ensangrentadas rosas y copas de cenizas,
ven con una manzana y un caballo,
porque allí hay una sala oscura y un candelabro roto,
unas sillas torcidas que esperan el invierno,
y una paloma muerta, con un número.

unaufhörlich in den Spiegeln und in den Scheiben mich selber
erblicke,
höre ich, wie mir jemand folgt und ruft nach mir, schluchzend,
mit trüber, zeitvergammelter Stimme.

Du stehst fest auf der Erde, reich
an Zähnen und Blitzen.
Du verstreust deine Küsse und bringst die Ameisen um.
Du weinst vor Gesundheit, vor Zwiebeln, vor Bienen,
vor dem brennenden Bilderbuch.
Du bist wie ein blaues und grünes Schwert,
und wenn ich dich anrühre, wirfst du Wellen, als wärst du ein Fluß.

Komm zu meiner weißgekleideten Seele mit einem Strauß
blutiger Rosen und einem Kelch voll Asche,
komm mit einem Apfel und einem Pferd,
denn hier sind ein paar krumme Stühle, die auf den Winter warten,
hier ist ein dunkles Zimmer, und ein brüchiger Leuchter,
und eine tote, bezifferte Taube.

MATERIAL NUPCIAL

De pie como un cerezo sin cáscara ni flores,
especial, encendido, con venas y saliva,
y dedos y testículos,
miro una niña de papel y luna,
horizontal, temblando y respirando y blanca,
y sus pezones como dos cifras separadas,
y la rosal reunión de sus piernas en donde
su sexo de pestañas nocturnas parpadea.

Pálido, desbordante,
siento hundirse palabras en mi boca,
palabras como niños ahogados,
y rumbo y rumbo y dientes crecen naves,
y aguas y latitud como quemadas.

La pondré como una espada o un espejo,
y abriré hasta la muerte sus piernas temerosas,
y morderé sus orejas y sus venas,
y haré que retroceda con los ojos cerrados
en un espeso río de semen verde.

La inundaré de amapolas y relámpagos,
la envolveré en rodillas, en labios, en agujas,
la entraré con pulgadas de epidermis llorando
y presiones de crimen y pelos empapados.

La haré huir escapándose por uñas y suspiros,
hacia nunca, hacia nada,
trepándose a la lenta médula y al oxígeno,
agarrándose a recuerdos y razones
como una sola mano, como un dedo partido
agitando una uña de sal desamparada.

HOCHZEITLICHE STOFFE

Aufrecht wie ein Kirschbaum ohne Rinde und Blüte,
abgesondert, entflammt, mit Adern und Speichel
und Testikeln und Fingern,
seh ich vor mir ein Mädchen aus Mond und Papier,
ausgestreckt, zitternd und atmend und weiß,
und die Spitzen der Brüste wie zwei geschiedene Ziffern,
und die Rose, in die ihre Schenkel münden,
darin ihre Scham die nächtlichen Wimpern aufschlägt.

Bleich, uferlos,
spüre ich Worte in meinem Mund untergehn,
Worte wie ertrunkene Kinder,
und Ruder und Ruder und Schiffe aus Zähnen gewachsen
und Fluten und Breitengrade in Flammen.

Ich will sie wie ein Schwert führen, wie einen Spiegel,
und bis zum Tod ihre furchtsamen Schenkel auftun,
und ihre Ohren und ihre Adern beißen,
und sie in einen schweren Fluß grünen Samens
mit verschlossenen Augen versinken lassen.

Ich will sie mit Mohn und Blitz überschwemmen,
ich will sie mit Knien, mit Nadeln, mit Lippen umhüllen,
ich will in sie eindringen mit Zollbreiten weinender Epidermis,
unter schändlichem Druck und mit triefendem Haar.

Ich will sie jagen, daß sie durch Krallen und Seufzer flieht
bis an die Grenze von Niemals und Nichts,
daß sie Zuflucht sucht beim Sauerstoff und beim trägen Mark,
daß sie sich an Erinnerungen und Gründe klammert
wie eine einzelne Hand, wie ein abgerissener Finger
seine Kralle aus verlassenem Salz regt.

Debe correr durmiendo por caminos de piel
en un país de goma cenicienta y ceniza,
luchando con cuchillos, y sábanas, y hormigas,
y con ojos que caen en ella como muertos,
y con gotas de negra materia resbalando
como pescados ciegos o balas de agua gruesa.

Sie soll im Schlaf über Straßen aus Haut
in das Land der Asche, des grauen Gummis laufen,
mit Messern und Laken und Ameisen ringen,
und mit Augen, die in ihr niedersinken wie Tote,
und mit Tropfen aus einer schwarzen Masse, schlüpfrig
wie blinde Fische oder Kugeln aus fettigem Wasser.

AGUA SEXUAL

Rodando a goterones solos,
a gotas como dientes,
a espesos goterones de mermelada y sangre,
rodando a goterones,
cae el agua,
como una espada en gotas,
como un desgarrador río de vidrio,
cae mordiendo,
golpeando el eje de la simetría, pegando en las costuras del alma,
rompiendo cosas abandonadas, empapando lo oscuro.

Solamente es un soplo, más húmedo que el llanto,
un líquido, un sudor, un aceite sin nombre,
un movimiento agudo,
haciéndose, espesándose,
cae el agua,
a goterones lentos,
hacia su mar, hacia su seco océano,
hacia su ola sin agua.

Veo el verano extenso, y un estertor saliendo de un granero,
bodegas, cigarras,
poblaciones, estímulos,
habitaciones, niñas
durmiendo con las manos en el corazón,
soñando con bandidos, con incendios,
veo barcos,
veo árboles de médula
erizados como gatos rabiosos,
veo sangre, puñales y medias de mujer,
y pelos de hombre,

UNANFECHTBARE ÄMTER

Die Taube ist mit flatternden Zetteln gefüllt,
ihre Brust befleckt von Radiergebrösel und Wochen,
von Löschblättern, weiß wie Aas, und Tinten,
die vor ihrer eignen, unheimlichen Farbe erschrecken.

Tritt mit mir in den Schatten der Ämter, sieh
die bleiche, hinfällige Farbe der Kanzleivorsteher,
sieh die Gänge, unermeßlich wie Abreißkalender,
sieh den qualvollen Umlauf von tausend Blättern Papier.

Laß uns nun die Titel und die Klauseln betrachten,
die geheimen Akten, die peinliche Sorgfalt,
die Bittschriften mit ihren ekelhaft herbstlichen Zähnen,
die Raserei aschgrauer Instanzen und trüber Beschlüsse.

Es ist von zerschlagenen Knochen die Rede,
von schmerzlichen Umständen und unendlichen Kleidern,
und Strümpfen, auf die mit einem Mal alles ankommt.
Es ist die tiefe Nacht, der Kopf ohne Adern,
aus dem unversehens der Tag stürzt
wie aus einer vom Blitz zerschmetterten Flasche.

Es sind die Füße und die Finger und die Taschenuhren,
und eine Lokomotive ist es aus sterbender Seife,
und ein saurer Himmel aus nassem Metall,
und ein gelber Fluß aus verschüttetem Lächeln.

Auf die Spitzen blumiger Finger läuft alles hinaus,
auf Nägel wie Blitze, auf welke Sessel,
alles läuft auf des Todes Tinte hinaus
und auf die violetten Mäuler der Stempel.

Lloremos la defunción de la tierra y el fuego,
las espadas, las uvas,
los sexos con sus duros dominios de raíces,
las naves del alcohol navegando entre naves
y el perfume que baila de noche, de rodillas,
arrastrando un planeta de rosas perforadas.

Con un traje de perro y una mancha en la frente
caigamos a la profundidad de los papeles,
a la ira de las palabras encadenadas,
a manifestaciones tenazmente difuntas,
a sistemas envueltos en amarillas hojas.

Rodad conmigo a las oficinas, al incierto
olor de ministerios, y tumbas, y estampillas.
Venid conmigo al día blanco que se muere
dando gritos de novia asesinada.

Laß uns den Hintritt der Erde und des Feuers beweinen,
die Schwerter, die Trauben,
das Geschlecht mit seinen harten Wurzelreichen,
die Schiffe des Rausches unter den Schiffen
und den Duft, der nachts auf den Knien tanzt
und einen Planeten durchbohrter Rosen herbeischleppt.

Mit einem Hundekleid und einem Fleck auf der Stirn
laß uns in den Abgrund der Akten versinken,
in den Zorn der gefesselten Worte,
in zäh verstorbene Kundgebungen,
in Systeme, erstickt in vergilbten Blättern.

Geht mit mir durch die Kanzleien, durch den vagen
Dunst von Ministerien und Gräbern und Marken.
Tretet mit mir an den weißen sterbenden Tag,
der schreit wie eine ermordete Braut.

EL RELOJ CAÍDO EN EL MAR

Hay tanta luz tan sombría en el espacio
y tantas dimensiones de súbito amarillas,
porque no cae el viento
ni respiran las hojas.

Es un día domingo detenido en el mar,
un día como un buque sumergido,
una gota de tiempo que asaltan las escamas
ferozmente vestidas de humedad transparente.

Hay meses seriamente acumulados en una vestidura
que queremos oler llorando con los ojos cerrados,
y hay años en un solo ciego signo del agua
depositada y verde,
hay la edad que los dedos ni la luz apresaron,
mucho más estimable que un abanico roto,
mucho más silenciosa que un pie desenterrado,
hay la nupcial edad de los días disueltos
en una triste tumba que los peces recorren.

Los pétalos del tiempo caen inmensamente
como vagos paraguas parecidos al cielo,
creciendo en torno, es apenas
una campana nunca vista,
una rosa inundada, una medusa, un largo
latido quebrantado:
pero no es eso, es algo que toca y gasta apenas,
una confusa huella sin sonido ni pájaros,
un desvanecimiento de perfumes y razas.

El reloj que en el campo se tendió sobre el musgo
y golpeó una cadera con su eléctrica forma
corre desvencijado y herido bajo el agua temible
que ondula palpitando de corrientes centrales.

TASCHENUHR AUF DEM MEERESGRUND

Hier ist der Raum erfüllt von schattigem Licht,
hier sind ganze Strecken, die plötzlich vergilben,
weil der Wind nicht zu ihnen herabdringt
und die Blätter nicht atmen.

Es ist ein langer Sonntag, eingefangen im Meer,
ein Tag wie ein gesunkenes Wrack,
ein Tropfen Zeit, überfallen von Schuppen,
die grausig mit glasigem Naß überzogen sind.

Hier versammeln sich feierlich die Monate in einer Robe,
wer daran riecht, der weint mit geschlossenen Augen,
und ganze Jahre ruhn hier in einem einzigen blinden Zeichen
des grünen starrenden Wassers,
hier herrscht eine Zeit, die kein Finger fängt, noch das Licht,
viel kostbarer als ein zerbrochener Fächer,
viel schweigsamer als ein ausgegrabener Fuß,
hier herrscht die bräutliche Zeit zergangener Tage
in einer traurigen Gruft, besucht von den Fischen.

Die Blütenblätter der Zeit sinken nieder, unermeßlich,
wie vage Regenschirme, die dem Himmel gleichen,
ringsum, immer größer und größer, fast ist es
eine niegesehene Glocke,
eine überschwemmte Rose, eine Meduse, ein matter
gebrochener Puls:
aber das ist es nicht, es ist etwas, das tastet und nimmt nichts weg,
eine verwischte Fährte ohne Geräusche und Vögel,
ein Verdunsten von Gerüchen und Rassen.

Die Taschenuhr hat auf dem festen Land im Moos ausgeruht
und ihr elektrischer Leib hat sich an einer Hüfte gewetzt:
jetzt tickt sie hohl und verletzt unter dem drohenden Wasser,
das Wellen wirft im Herzschlag zentraler Ströme.

EL FANTASMA DEL BUQUE DE CARGA

Distancia refugiada sobre tubos de espuma,
sal en rituales olas y órdenes definidos,
y un olor y rumor de buque viejo,
de podridas maderas y hierros averiados,
y fatigadas máquinas que aúllan y lloran
empujando la proa, pateando los costados,
mascando lamentos, tragando y tragando distancias,
haciendo un ruido de agrias aguas sobre las agrias aguas,
moviendo el viejo buque sobre las viejas aguas.

Bodegas interiores, túneles crepusculares
que el día intermitente de los puertos visita:
sacos, sacos que un dios sombrío ha acumulado
como animales grises, redondos y sin ojos,
con dulces orejas grises,
y vientres estimables llenos de trigo o copra,
sensitivas barrigas de mujeres encinta,
pobremente vestidas de gris, pacientemente
esperando en la sombra de un doloroso cine.

Las aguas exteriores de repente
se oyen pasar, corriendo como un caballo opaco,
con un ruido de pies de caballo en el agua,
rápidas, sumergiéndose otra vez en las aguas.
Nada más hay entonces que el tiempo en las cabinas:
el tiempo en el desventurado comedor solitario,
inmóvil y visible como una gran desgracia.
Olor de cuero y tela densamente gastados,
y cebollas, y aceite, y aun más,
olor de alguien flotando en los rincones del buque,
olor de alguien sin nombre
que baja como una ola de aire las escalas,

DAS GESPENST AUF DEM FRACHTDAMPFER

Raum, der auf Schaumkronen flieht,
Salz im Ritus der Flut, nach feststehender Regel,
und das alte Schiff: sein Geruch und Geräusch
von fauligem Holz und salzzerfressenem Eisen
und müden Maschinen, die heulen und wimmern,
stoßen den Bug voraus, hämmern gegen die Flanken,
käuen den Jammer wieder, fressen und fressen Raum,
hetzen erbittertes Wasser gegen erbittertes Wasser auf,
treiben das alte Schiff über das alte Gewässer.

Verliese im Innern, dämmrige Stollen,
die der Tag der Häfen nur selten heimsucht:
Säcke, Säcke, die ein finsterer Gott eingepfercht hat
wie graue Tiere, rundlich und ohne Augen,
die Ohren grau und ganz weich,
und die beachtlichen Bäuche gefüllt mit Kopra und Weizen,
empfindliche Leiber von schwangeren Frauen
in ärmlichen grauen Kleidern, die geduldig
im Dunkel eines kläglichen Kinos sitzen und warten.

Das Wasser draußen ist auf einmal zu hören,
es sprengt vorbei wie ein undurchsichtiges Pferd,
mit einem Geräusch von geschwinden Pferdehufen im Wasser,
das alsbald wieder in den Wassern versinkt.
Nur die Zeit, und sonst nichts, steht dann wieder in den Kajüten:
die Zeit im leeren trostlosen Speisesaal,
unbeweglich und offenbar wie ein großes Unglück.
Geruch von speckigem Leder und verschlissener Leinwand,
und Zwiebeln, und Öl, und noch mehr,
Geruch von jemand, der in den Winkeln des Schiffes west,
Geruch von jemand, der keinen Namen hat,
der wie ein Luftzug die Treppen herunterkommt

y cruza corredores con su cuerpo ausente,
y observa con sus ojos que la muerte preserva.

Observa con sus ojos sin color, sin mirada,
lento, y pasa temblando, sin presencia ni sombra:
los sonidos lo arrugan, las cosas lo traspasan,
su transparencia hace brillar las sillas sucias.
Quién es ese fantasma sin cuerpo de fantasma,
con sus pasos livianos como harina nocturna
y su voz que sólo las cosas patrocinan?
Los muebles viajan llenos de su ser silencioso
como pequeños barcos dentro del viejo barco,
cargados de su ser desvanecido y vago:
los roperos, las verdes carpetas de las mesas,
el color de las cortinas y del suelo,
todo ha sufrido el lento vacío de sus manos,
y su respiración ha gastado las cosas.

Se desliza y resbala, desciende, transparente,
aire en el aire frío que corre sobre el buque,
con sus manos ocultas se apoya en las barandas
y mira el mar amargo que huye detrás del buque.
Solamente las aguas rechazan su influencia,
su color y su olor de olvidado fantasma,
y frescas y profundas desarrollan su baile
como vidas de fuego, como sangre o perfume,
nuevas y fuertes surgen, unidas y reunidas.

Sin gastarse las aguas, sin costumbre ni tiempo,
verdes de cantidad, eficaces y frías,
tocan el negro estómago del buque y su materia
lavan, sus costras rotas, sus arrugas de hierro:
roen las aguas vivas la cáscara del buque,
traficando sus largas banderas de espuma
y sus dientes de sal colando en gotas.

und körperlos die Korridore durchquert,
und zuschaut mit seinen vom Tode gefeiten Augen.

Zuschaut mit seinen farblosen, blicklosen Augen,
zögert, und zitternd vorbeigeht, ohne Schatten und Gegenwart:
gerunzelt vom Schall, durchbohrt von den Dingen,
die schmutzigen Stühle glänzen, wenn er gläsern davortritt.
Was ist das für ein Gespenst ohne Gespensterleib
das seine Schritte leicht wie nächtliches Mehl setzt
und dessen Stimme erst in den Dingen erwacht?
Die Möbel reisen, ihres schweigsamen Daseins satt,
wie winzige Schiffe im Innern des alten Schiffs,
befrachtet mit ihrem vagen und eitlen Dasein:
die Kleiderschränke, die grünlichen Tischbezüge,
die Farbe des Bodens und der Gardinen,
alles hat die zögernde Leere seiner Hände erlitten,
und alle Dinge sind von seinem Atem verdorben.

Es schleicht und gleitet und läßt sich nieder,
durchsichtig, Wind im kalten Wind, der über das Schiff hin weht,
mit seinen geheimen Händen stützt es sich auf die Reling
und schaut aufs bittere Meer, das hinter dem Schiff entschwindet.
Nur über das Wasser hat das Gespenst keine Macht
mit seiner Farbe und seinem Geruch von Vergessenheit,
und kühl und tief entfaltet es seinen Tanz, das Wasser,
wie Leben aus Feuer, wie Blut oder Duft, neu und stark,
schwillt es, trennt sich, findet sich wieder.

Nie erschöpfen die Wasser sich, ohne Unterschied oder Zeitmaß,
in grünen Massen, wirksam und kalt,
klatschen sie gegen den schwarzen Magen des Schiffes,
und waschen an seinen alten Krusten, seinem Holz, seinen
    eisernen Runzeln:
die quicken Wasser nagen die Rinde des Schiffes an,
mit immer neuen langen Fahnen aus Schaum,
und immer neuen Zähnen aus tropfendem Salz.

Mira el mar el fantasma con su rostro sin ojos:
el círculo del día, la tos del buque, un pájaro
en la ecuación redonda y sola del espacio,
y desciende de nuevo a la vida del buque
cayendo sobre el tiempo muerto y la madera,
resbalando en las negras cocinas y cabinas,
lento de aire y atmósfera y desolado espacio.

Der Blick des Gespenstes fällt aus seinem Gesicht ohne Augen
aufs Meer, auf den Zirkel des Tags, das Husten des Schiffes,
auf einen Vogel in der leeren kreisrunden Gleichung des Raums,
und landet von neuem auf dem Leben des Schiffs,
fällt auf die abgestorbene Zeit und auf das Holz,
gleitet in die schwarzen Kajüten und Küchen,
zaudert im Dunst, in der Zugluft, im trostlosen Raum.

ENTRADA A LA MADERA

Con mi razón apenas, con mis dedos,
con lentas aguas lentas inundadas,
caigo al imperio de los nomeolvides,
a una tenaz atmósfera de luto,
a una olvidada sala decaída,
a un racimo de tréboles amargos.

Caigo en la sombra, en medio
de destruídas cosas,
y miro arañas, y apaciento bosques
de secretas maderas inconclusas,
y ando entre húmedas fibras arrancadas
al vivo ser de substancia y silencio.

Dulce materia, oh rosa de alas secas,
en mi hundimiento tus pétalos subo
con pies pesados de roja fatiga
y en tu catedral dura me arrodillo
golpeándome los labios con un ángel.

Es que soy yo ante tu color de mundo,
ante tus pálidas espadas muertas,
ante tus corazones reunidos,
ante tu silenciosa multitud.

Soy yo ante tu ola de olores muriendo,
envueltos en otoño y resistencia:
soy yo emprendiendo un viaje funerario
entre tus cicatrices amarillas:

soy yo con mis lamentos sin origen,
sin alimentos, desvelado, solo,

REISE INS HERZ DES HOLZES

Mit meinen Fingern eher als mit meiner Vernunft,
mit langsamen Wassern langsam überschwemmt,
fall ich ins Reich des Vergißmeinnicht,
in einen Dunstkreis beklommener Trauer,
in ein vergeßnes, verfallenes Zimmer,
in ein Büschel von Bitterklee.

Ich falle ins Halbdunkel, mitten
unter zerbrochene Dinge,
und sehe Spinnen und weide Wälder
aus unschlüssigem und geheimem Holz
und gehe in feuchte Fasern ein, Fasern,
einem Leben in Stoff und Schweigen entrissen.

Süßer Stoff, o Rose mit dürren Flügeln,
indem ich stürze, steig ich zu deiner Blüte auf
mit Füßen, schwer von roter Ermüdung,
und in deiner harten Kathedrale knie ich nieder
und schlage mir an die Lippen mit einem Engel.

Ich bins, der vor dir steht, vor deiner weltlichen Farbe,
vor deinen blassen, abgestorbenen Schwertern,
vor deinen versammelten Herzen,
vor deiner schweigsamen Vielfalt.

Ich bins, der stirbt vor deiner Welle aus Duft,
in Herbst und Sprödigkeit eingehüllt,
ich bin es, ich, in einem Leichenzug,
zwischen deine gelben Narben gebettet:

ich bins mit meinen Klagen ohne Beginn,
ohne Nahrung, schlaflos, allein,

entrando oscurecidos corredores,
llegando a tu materia misteriosa.

Veo moverse tus corrientes secas,
veo crecer manos interrumpidas,
oigo tus vegetales oceánicos
crujir de noche y furia sacudidos,
y siento morir hojas hacia adentro,
incorporando materiales verdes
a tu inmovilidad desamparada.

Poros, vetas, círculos de dulzura,
peso, temperatura silenciosa,
flechas pegadas a tu alma caída,
seres dormidos en tu boca espesa,
polvo de dulce pulpa consumida,
ceniza llena de apagadas almas,
venid a mí, a mi sueño sin medida,
caed en mi alcoba en que la noche cae
y cae sin cesar como agua rota,
y a vuestra vida, a vuestra muerte asidme,
a vuestros materiales sometidos,
a vuestras muertas palomas neutrales,
y hagamos fuego, y silencio, y sonido,
y ardamos, y callemos, y campanas.

der verfinsterte Korridore betritt,
der angelangt ist beim Geheimnis deiner Substanz.

Ich sehe deine trockenen Flüsse sich regen,
ich sehe deine unterbrochenen Hände wachsen,
ich höre dein unterseeisch Gewächs
knirschen, geschüttelt von Nacht und Zorn,
und spüre Blätter nach innen sterben,
und grüne Substanzen nisten sich ein
in deiner wehr- und reglosen Starre.

Poren, Masern, Kreislauf der süßen Säfte,
Schwere, schweigende Temperatur,
Pfeile in deiner gefällten Seele,
Schläfer in deines Mundes Dickicht,
Staub von süßem verzehrtem Mark,
Asche voll erloschener Seelen,
kommt zu mir, in meinen maßlosen Schlaf,
laßt euch fallen in meine Nische,
in die die Nacht fällt und fällt
unaufhörlich wie verschüttetes Wasser,
und ergreift mich mit euerm Leben und Tod,
mit euern unterworfenen Stoffen,
mit euern toten Niemandstauben,
und laßt uns Feuer machen, und Schweigen, und Schall,
und brennen, und schweigen, und Glocken.

VUELVE EL OTOÑO

Un enlutado día cae de las campanas
como una temblorosa tela de vaga viuda,
es un color, un sueño
de cerezas hundidas en la tierra,
es una cola de humo que llega sin descanso
a cambiar el color del agua y de los besos.

No sé si me entiende: cuando desde lo alto
se avecina la noche, cuando el solitario poeta
a la ventana oye correr el corcel del otoño
y las hojas del miedo pisoteado crujen en sus arterias,
hay algo sobre el cielo, como lengua de buey
espeso, algo en la duda del cielo y de la atmósfera.

Vuelven las cosas a su sitio,
el abogado indispensable, las manos, el aceite,
las botellas,
todos los indicios de la vida: las camas, sobre todo,
están llenas de un líquido sangriento,
la gente deposita sus confianzas en sórdidas orejas,
los asesinos bajan escaleras,
pero no es esto, sino el viejo galope,
el caballo del viejo otoño que tiembla y dura.

El caballo del viejo otoño tiene la barba roja
y la espuma del miedo le cubre las mejillas
y el aire que le sigue tiene forma de océano
y perfume de vaga podredumbre enterrada.

Todos los días baja del cielo un color ceniciento
que las palomas deben repartir por la tierra:

WIEDERKEHR DES HERBSTES

Ein verdüsterter Tag fällt aus den Glocken,
wie ein flatternder, vager Witwenschleier,
es ist eine Farbe, ein Traum
von Kirschen, die in die Erde versenkt sind,
es ist eine Rauchfahne, die sich unablässig
über das Wasser und die Küsse hinschleppt und sie verfärbt.

Wie soll ich es deutlich sagen: wenn sich die Nacht
aus der Höhe niederläßt, wenn der Dichter allein
am Fenster das galoppierende Roß des Herbstes hört
und die Blätter der zermalmten Furcht stampfen in seinen
Adern,
dann haust am Himmel etwas, schwer wie eine Rinderzunge,
haust im Zweifel der Luft und des Himmels.

Dann kehren die Dinge an ihren Ort zurück,
der unentbehrliche Advokat, die Hände, das Öl,
die Flaschen,
alle Lebenszeichen: besonders die Betten
tränken sich mit einem blutigen Naß,
die Leute vertrauen ihre Geheimnisse schmutzigen Ohren an,
Mörder kommen die Treppe herunter,
aber das alles ist es nicht, sondern der alte Ritt,
das Pferd des alten Herbstes, das wartet und scharrt.

Das Pferd des alten Herbstes hat einen roten Bart,
und der Schaum der Angst bedeckt seine Kinnbacken,
und die Luft zieht hinter ihm her wie eine Brandung
und strömt über von einem Duft nach verscharrter Fäulnis.

Alle Tage flockt etwas Graues vom Himmel nieder,
das die Tauben über die ganze Erde verteilen müssen:

la cuerda que el olvido y las lágrimas tejen,
el tiempo que ha dormido largos años dentro de las campanas,
todo,
los viejos trajes mordidos, las mujeres que ven venir la nieve,
las amapolas negras que nadie puede contemplar sin morir,
todo cae a las manos que levanto
en medio de la lluvia.

das Seil, das die Tränen und die Vergeßlichkeit flechten,
die Zeit, die lange Jahre in den Glocken geschlafen hat,
alles,
die alten zerlumpten Kleider, die Frauen, die den Schnee
kommen sehen,
der schwarze Mohn, den keiner erblickt ohne zu sterben,
alles fällt auf die Hände nieder,
die ich hochhebe, mitten im Regen.

CANTARES

La parracial rosa devora
y sube a la cima del santo:
con espesas garras sujeta
el tiempo al fatigado ser:
hincha y sopla en las venas duras,
ata el cordel pulmonar, entonces
largamente escucha y respira.

Morir deseo, vivir quiero,
herramienta, perro infinito,
movimiento de océano espeso
con vieja y negra superficie.

Para quién y a quién en la sombra
mi gradual guitarra resuena
naciendo en la sal de mi ser
como el pez en la sal del mar?

Ay, qué continuo país cerrado,
neutral, en la zona del fuego,
inmóvil, en el giro terrible,
seco, en la humedad de las cosas.

Entonces, entre mis rodillas,
bajo la raíz de mis ojos,
prosigue cosiendo mi alma:
su aterradora aguja trabaja.

Sobrevivo en medio del mar,
solo y tan locamente herido,
tan solamente persistiendo,
heridamente abandonado.

ZONE DES FEUERS

Die Kletterrose frißt und steigt
auf den Gipfel des heiligen Mannes:
mit schweren Krallen hält die Zeit
das matte Geschöpf fest und schwillt
und weht in den harten Adern,
schnürt die Lungen ab, und ruht
sich dann lange aus, atmet und horcht.

Sterben möchte ich, leben will ich,
ein Werkzeug, ein unendlicher Hund,
eine Regung im dicklichen Meer,
unterm alten und schwarzen Spiegel.

Wem zulieb schallt allmählich im Schatten
meine Gitarre, wer hört ihr zu,
wie sie im Salz meines Daseins entspringt
wie im Salz des Meeres der Fisch?

O verriegeltes Niemandsland,
neutral in der Zone des Feuers,
unbeweglich im furchtbaren Kreislauf,
trocken unter triefenden Dingen.

Zwischen meinen Knien hingegen,
unterm Wurzelwerk meiner Augen,
näht meine Seele und näht, müht sich
mit ihrer schrecklichen Nadel ab.

Mitten im Meere lebe ich weiter,
nur ich, und wütend verwundet,
hartnäckig, ganz vereinzelt,
ausgesetzt und zerschlagen.

TRABAJO FRÍO

Díme, del tiempo resonando
en tu esfera parcial y dulce,
no oyes acaso el sordo gemido?

No sientes de lenta manera,
en trabajo trémulo y ávido,
la insistente noche que vuelve?

Secas sales y sangres aéreas,
atropellado correr de ríos,
temblando el testigo constata.

Aumento oscuro de paredes,
crecimiento brusco de puertas,
delirante población de estímulos,
circulaciones implacables.

Alrededor, de infinito modo,
en propaganda interminable,
de hocico armado y definido
el espacio hierve y se puebla.

No oyes la constante victoria,
en la carrera de los seres,
del tiempo, lento como el fuego,
seguro y espeso y hercúleo,
acumulando su volumen
y añadiendo su triste hebra?

Como una planta perpetua aumenta
su delgado y pálido hilo,
mojado de gotas que caen
sin sonido, en la soledad.

KALTE ARBEIT

Sag mir, hörst du es nicht, in deiner sanften
Hälfte der Welt, das dumpfe Seufzen
der widerhallenden Zeit?

Merkst du nicht, wie nach und nach,
zitternd und gierig vor Mühsal,
die beharrliche Nacht wiederkehrt?

Bebend meldet der Augenzeuge
hartes Salz und Blut in der Luft,
rasend gewordene Flüsse.

Dunkles Wachstum der Mauern,
jähe Vermehrung der Türen,
rasendes Volk der Reize,
Kreisläufe ohne Erbarmen.

Ringsumher, tausendfältig,
pflanzt sich endlos der Raum fort,
sein Maul ist entschieden und wehrhaft,
und er braust und bevölkert sich.

Hörst du nicht, wie immerzu
beim Wettlauf der Wesen,
die Zeit siegt, träg wie das Feuer,
gelassen und schwer und riesenhaft,
wie sie Raum einheimst und spinnt
an ihrer traurigen Faser?

Wie eine ausdauernde Pflanze wächst
ihr dünner und bleicher Faden,
befeuchtet von Tropfen, die lautlos
in die Verlassenheit fallen.

SABOR

De falsas astrologías, de costumbres un tanto lúgubres,
vertidas en lo inacabable y siempre llevadas al lado,
he conservado una tendencia, un sabor solitario.

De conversaciones gastadas como usadas maderas,
con humildad de sillas, con palabras ocupadas
en servir como esclavos de voluntad secundaria,
teniendo esa consistencia de la leche, de las semanas muertas,
del aire encadenado sobre las ciudades.

Quién puede jactarse de paciencia más sólida?
La cordura me envuelve de piel compacta
de un color reunido como una culebra:
mis criaturas nacen de un largo rechazo:
ay, con un solo alcohol puedo despedir este día
que he elegido, igual entre los días terrestres.

Vivo lleno de una substancia de color común, silenciosa
como una vieja madre, una paciencia fija
como sombra de iglesia o reposo de huesos.
Voy lleno de esas aguas dispuestas profundamente,
preparadas, durmiéndose en una atención triste.

En mi interior de guitarra hay un aire viejo,
seco y sonoro, permanecido, inmóvil,
como una nutrición fiel, como humo:
un elemento en descanso, un aceite vivo:
un pájaro de rigor cuida mi cabeza:
un ángel invariable vive en mi espada.

NACHGESCHMACK

Von falschen Astrologien, von ziemlich düsteren Sitten,
verschüttet ins Bodenlose und immer beseitigt,
ist mir ein Grübeln geblieben, ein öder Geschmack.

Von Gesprächen, abgenutzt wie schäbiges Holz,
demütig wie Stühle, Gesprächen, zu denen die Worte
gepreßt worden sind, untertan einem minderen Willen,
milchig gewordene Worte von der Konsistenz toter Wochen,
von der Konsistenz des Windes, der sich über den Städten verfängt.

Wer könnte sich größerer Standhaftigkeit rühmen?
Die Klugheit hüllt mich ein mit fester Haut,
farbig geringelt wie eine Schlange:
so schleudre ich meine Geschöpfe zur Welt:
oh, mit einem einzigen Mundvoll Schnaps kann ich diesen Tag,
den auserwählten aus dem Einerlei aller Erdentage, verscheuchen.

Ich lebe, erfüllt mit einer Substanz von gewöhnlicher Farbe,
lautlos wie eine alte Mutter, geduldig, geduldig
wie ein Kirchenschatten oder ein Beinhaus.
Ich gehe, erfüllt von diesen Wassern, tiefgründig bereit,
lauernden Wassern, die in trüber Wachsamkeit dämmern.

In meinem Innern, wie dem der Gitarre, ist ein altes Lied,
hallend und rauh, unbeweglich, verharrend
wie eine beständige Nahrung, wie Rauch:
ein ruhendes Element, ein lebendiges Öl:
ein strenger Vogel besorgt meinen Kopf:
in meinem Degen wohnt ein unbeugsamer Engel.

CABALLO DE LOS SUEÑOS

Innecesario, viéndome en los espejos,
con un gusto a semanas, a biógrafos, a papeles,
arranco de mi corazón al capitán del infierno,
establezco cláusulas indefinidamente tristes.

Vago de un punto a otro, absorbo ilusiones,
converso con los sastres en sus nidos:
ellos, a menudo, con voz fatal y fría
cantan y hacen huir los maleficios.

Hay un país extenso en el cielo
con las supersticiosas alfombras del arco – iris
y con vegetaciones vesperales:
hacia allí me dirijo, no sin cierta fatiga,
pisando una tierra removida de sepulcros un tanto frescos,
yo sueño entre esas plantas de legumbre confusa.

Paso entre documentos disfrutados, entre orígenes,
vestido como un ser original y abatido:
amo la miel gastada del respeto,
el dulce catecismo entre cuyas hojas
duermen violetas envejecidas, desvanecidas,
y las escobas, conmovedoras de auxilio:
en su apariencia hay, sin duda, pesadumbre y certeza.
Yo destruyo la rosa que silba y la ansiedad raptora:
yo rompo extremos queridos: y aun más,
aguardo el tiempo uniforme, sin medida:
un sabor que tengo en el alma me deprime.

Qué día ha sobrevenido! Qué espesa luz de leche,
compacta digital, me favorece!
He oído relinchar su rojo caballo

TRAUMPFERD

Wenn ich mich in den Spiegeln erblicke, überflüssig,
mit einem Geschmack nach Papieren, nach Kinos, nach Wochen,
reiße ich aus meinem Herzen den Hauptmann der Hölle,
setze ich Klauseln auf von unbestimmbarer Trauer.

Ich streune hierhin, dorthin, atme Täuschungen ein,
rede in ihren Schlupfwinkeln mit den Schneidern:
die singen öfters mit kalter und unseliger Stimme
und schlagen den Zauber, der mich verhext, in die Flucht.

Es gibt am Himmel ein weites Land, wo der Regenbogen
seine abergläubischen Teppiche aufrollt,
wo Abendpflanzen gedeihen: dorthin
wende ich mich, nicht ohne ziemliche Mühe,
stampfe die lockere Erde auf ganz frischen Gräbern fest,
und träume unter diesem verworrenen Kraut.

Ich gehe einher zwischen verfallenen Urkunden und Anfängen,
gekleidet als ursprüngliches und erniedrigtes Wesen:
ich liebe den verbrauchten Honig der Ehrfurcht,
den sanften Katechismus, in dessen Seiten
alte verblaßte Veilchen schlummern,
und die rührenden, hilfreichen Besen:
in ihnen erscheinen zweifellos Überzeugung und Kummer.
Ich zerstöre die pfeifende Rose und die Entführerin Angst:
ich zerbreche die ersehnten äußersten Ziele: und vor allem
erwarte ich die eintönige, maßlose Zeit: ein Geschmack
haftet in meiner Seele und drückt mich nieder.

Was für ein Tag ist angebrochen! Was für ein Licht,
milchig und dick, schierer Fingerhut, sucht mich auf!
Ich habe sein rotes Pferd wiehern hören,

desnudo sin herraduras y radiante.
Atravieso con él sobre las iglesias,
galopo los cuarteles desiertos de soldados
y un ejército impuro me persigue.
Sus ojos de eucaliptus roban sombra,
su cuerpo de campana galopa y golpea.

Yo necesito un relámpago de fulgor persistente,
un deudo festival que asuma mis herencias.

ein nacktes Pferd, huflos und strahlend.
Ich reite auf seinem Rücken über die Kirchen,
ich sprenge durch die leeren Kasernen,
und ein geiles Heer ist mir auf den Fersen.
Die Eukalyptusaugen des Pferdes raffen den Schatten hin,
sein Glockenleib springt und schwingt und schlägt an.

Was mir fehlt, ist ein Blitz, der nicht aufhört zu leuchten,
ein festlicher Vetter, der mein Erbe in seine Hände nimmt.

NO HAY OLVIDO (SONATA)

Si me preguntáis en dónde he estado
debo decir »Sucede«.
Debo de hablar del suelo que oscurecen las piedras,
del río que durando se destruye:
no sé sino las cosas que los pájaros pierden,
el mar dejado atrás, o mi hermana llorando.
Por qué tantas regiones, por qué un día
se junta con un día? Por qué una negra noche
se acumula en la boca? Por qué muertos?
Si me preguntáis de dónde vengo, tengo que conversar con
cosas rotas,
con utensilios demasiado amargos,
con grandes bestias a menudo podridas
y con mi acongojado corazón.

No son recuerdos los que se han cruzado
ni es la paloma amarillenta que duerme en el olvido,
sino caras con lágrimas,
dedos en la garganta,
y lo que se desploma de las hojas:
la oscuridad de un día transcurrido,
de un día alimentado con nuestra triste sangre.

He aquí violetas, golondrinas,
todo cuanto nos gusta y aparece
en las dulces tarjetas de larga cola
por donde se pasean el tiempo y la dulzura.

Pero no penetremos más allá de esos dientes,
no mordamos las cáscaras que el silencio acumula,
porque no sé qué contestar:
hay tantos muertos,

ES GIBT KEIN VERGESSEN

Wenn ihr mich fragt, wo ich gewesen bin,
dann muß ich sagen: Dies alles geschieht.
Dann muß ich vom Erdboden sprechen, den die Steine verfinstern,
von dem Fluß, der dauernd in sich selber versickert:
ich weiß nur von dem, was die Vögel verlieren,
vom zurückgelassenen Meer, oder meiner weinenden Schwester.
Wozu diese ganzen Länder? Wozu legt sich ein Tag
auf den andern Tag? Wozu wächst eine schwarze Nacht
in meinem Mund? Wozu gibt es Tote?
Wenn ihr mich fragt, woher ich komme, so muß ich mich mit
alten Dingen beraten,
mit übermäßig verbittertem Werkzeug,
mit vielmals verwesten großen Tieren,
und mit meinem bekümmerten Herzen.

Was da vorübergegangen ist, das sind nicht Erinnerungen,
das ist keine vergilbte Taube, die im Vergessen schläft,
sondern Gesichter voll Tränen sinds,
Finger in einer Gurgel,
und das, was da aus den Blättern sinkt:
die Dunkelheit eines vorübergerollten Tages,
eines Tages, der satt ist von unserem traurigen Blut.

Hier gibt es zwar Veilchen und Schwalben,
all das, was uns gefällt, und was erscheint
in den süßen Briefchen, weitschweifig geschweift,
durch die das Verweilen spaziert und die Süßigkeit.

Aber über jene Zähne hinaus führt uns kein Weg,
die Rinden, die das Schweigen ansetzt, zerbeißen wir nicht,
denn was weiß ich, was soll ich euch sagen:
es gibt soviel Tote,

y tantos malecones que el sol rojo partía,
y tantas cabezas que golpean los buques,
y tantas manos que han encerrado besos,
y tantas cosas que quiero olvidar.

und soviel Deiche, zerfetzt von der roten Sonne,
und soviel Köpfe, die gegen die Schiffe schlagen,
und soviel Hände, die Küsse gefangen haben,
und soviel Dinge, die ich vergessen will.

ENTIERRO EN EL ESTE

Yo trabajo de noche, rodeado de ciudad,
de pescadores, de alfareros, de difuntos quemados
con azafrán y frutas, envueltos en muselina escarlata:
bajo mi balcón esos muertos terribles
pasan sonando cadenas y flautas de cobre,
estridentes y finas y lúgubres silban
entre el color de las pesadas flores envenenadas
y el grito de los cenicientos danzarines
y el creciente monótono de los tamtam
y el humo de las maderas que arden y huelen.

Porque una vez doblado el camino, junto al turbio río,
sus corazones, detenidos o iniciando un major movimiento,
rodarán quemados, con la pierna y el pie hechos fuego,
y la trémula ceniza caerá sobre el agua,
flotará como ramos de flores calcinadas
o como extinto fuego dejado por tan poderosos viajeros
que hicieron arder algo sobre las negras aguas, y devoraron
un aliento desaparecido y un licor extremo.

BEGRÄBNIS IM ORIENT

Ich arbeite in der Nacht, von der Stadt umzingelt,
von Fischern, von Töpfern, von Toten, verbrannt mit Safran
und Früchten, eingehüllt in scharlachroten Musselin:
unter meinem Balkon kommen diese schrecklichen Toten vorbei
mit Kettenklang und Schall von kupfernen Flöten,
die pfeifen dünn und traurig und schrill
aus dem Farbenwald der schweren giftigen Blumen,
aus dem Geschrei der aschgrauen Tänzer,
aus der eintönigen Flut der Trommeln,
aus dem Rauch der glimmenden, riechenden Hölzer.

Und haben sie erst den Weg am Ufer des schmutzigen Flusses
erreicht,
so rollen ihre Herzen, zögernd oder mit großen Sprüngen,
brennend davon, und Bein und Fuß fangen Feuer,
und die flirrende Asche wird bald auf das Wasser sinken,
wird davontreiben wie eingeäscherte Blütenzweige,
oder wie ein erloschenes Feuer, die Spur von mächtigen Fremden,
die auf den schwarzen Wassern etwas verbrannt
und verschwundenen Atem verschluckt haben, und von der
Neige getrunken.

UN DÍA SOBRESALE

De lo sonoro salen números,
números moribundos y cifras con estiércol,
rayos humedecidos y relámpagos sucios.
De lo sonoro, creciendo, cuando
la noche sale sola, como creciente viuda,
como paloma o amapola o beso,
y sus maravillosas estrellas se dilatan.

En lo sonoro la luz se verifica:
las vocales se inundan, el llanto cae en pétalos,
un viento de sonido como una ola retumba,
brilla y peces de frío y elástico la habitan.

Peces en el sonido, lentos, agudos, húmedos,
arqueadas masas de oro con gotas en la cola,
tiburones de escama y espuma temblorosa,
salmones azulados de congelados ojos.

Herramientas que caen, carretas de legumbres,
rumores de racimos aplastados,
violines llenos de agua, detonaciones frescas,
motores sumergidos y polvorienta sombra,
fábricas, besos,
botellas palpitantes,
gargantas,
en torno a mí la noche suena,
el día, el mes, el tiempo,
sonando como sacos de campanas mojadas
o pavorosas bocas de sales quebradizas.
Olas del mar, derrumbes,
uñas, pasos del mar,
arrolladas corrientes de animales deshechos,

EIN TAG TRITT HERVOR

Aus dem Gebraus treten Nummern,
sterbende Nummern hervor und Ziffern mit Dung,
angefeuchtete Strahlen und schmutzige Blitze.
Aus dem Gebraus, das anschwillt, wenn die Nacht
hervortritt, ganz allein, wie eine schwellende Witwe,
wie eine Taube, Mohn oder Kuß, und ihre Sterne
sich wunderbar über den Himmel breiten.

In diesem Gebraus bezeugt sich das Licht:
die Vokale gehn unter, die Tränen fallen wie Blumen ab,
ein Wind aus Schall bricht sich wie eine Brandung,
glänzend, bevölkert von kalten, biegsamen Fischen.

Fische hausen im Schall, langsame, scharfe, feuchte,
gewölbte Massen von Gold mit triefenden Schwänzen,
Haie mit zitternden Schuppen, zitterndem Schaum,
bläuliche Lachse mit erfrorenen Augen.

Werkzeuge fallen hin, Gemüsekarren,
Geräusch von zerdrückten Trauben,
Geigen voll Wasser, frische Detonationen,
ertrunkne Motoren und staubige Schatten,
Fabriken, Küsse,
glucksende Flaschen,
Kehlen,
ich höre rings um mich her die Nacht,
den Tag, den Monat, die Zeit läuten,
läuten wie nasse Glocken in Säcken
oder entsetzliche Mäuler von spröden Salzen.
Brandung des Meers, Abstürze,
Krallen, Schritte des Meers,
hingewälzte Ströme verreckter Tiere,

pitazos en la niebla ronca
deciden los sonidos de la dulce aurora
despertando en el mar abandonado.

A lo sonoro el alma rueda
cayendo desde sueños,
rodeada aún por sus palomas negras,
todavía forrada por sus trapos de ausencia.

A lo sonoro el alma acude
y sus bodas veloces celebra y precipita.

Cáscaras del silencio, de azul turbio,
como frascos de oscuras farmacias clausuradas,
silencio envuelto en pelo,
silencio galopando en caballos sin patas,
y máquinas dormidas, y velas sin atmósfera,
y trenes de jazmín desalentado y cera,
y agobiados buques llenos de sombras y sombreros.

Desde el silencio sube el alma
con rosas instantáneas,
y en la mañana del día se desploma,
y se ahoga de bruces en la luz que suena.

Zapatos bruscos, bestias, utensilios,
olas de gallos duros derramándose,
relojes trabajando como estómagos secos,
ruedas desenrollándose en rieles abatidos,
y waterclosets blancos despertando
con ojos de madera, como palomas tuertas,
y sus gargantas anegadas
suenan de pronto como cataratas.

Pfiffe im heiseren Nebel,
alles befördert die sanfte, rauschende Morgenröte,
die die Augen aufschlägt im verlassenen Meer.

Dem Gebraus rollt die Seele zu,
aus Träumen stürzend,
noch immer umkreist von ihren schwarzen Tauben,
noch immer gefüttert mit den Lumpen der Abwesenheit.

Dem Gebraus fällt die Seele anheim
und feiert ihre hastigen Hochzeiten in seinen Armen.

Rinden von Schweigen, von trübem Blau,
wie Flaschen in dunklen, verriegelten Apotheken,
Schweigen, in Haar gehüllt,
Schweigen, das einhersprengt auf huflosen Pferden,
und eingeschlafne Maschinen, und Segel im luftleeren Raum,
und Züge von mutlosem Jasmin und Wachs,
und schwerbeladene Schiffe voller Schatten und Hüte.

Die Seele steigt auf aus dem Schweigen
mit plötzlichen Rosen,
und läßt sich fallen in die Morgenfrühe des Tages,
und ertrinkt, zusammengekauert, im rauschenden Licht.

Jähe Schuhe, Tiere, Handwerkszeug,
Brandung von harten Hähnen, die sich ergießen,
Uhren, die sich plagen wie trockene Mägen,
Räder, die sich entrollen über bedrückte Schienen,
und weiße Klosetts, die mit hölzernen Augen
erwachen, wie einäugige Tauben,
und deren ersäufte Gurgeln
plötzlich wie Katarakte rauschen.

Ved cómo se levantan los párpados del moho
y se desencadena la cerradura roja
y la guirnalda desarrolla sus asuntos,
cosas que crecen,
los puentes aplastados por los grandes tranvías
rechinan como camas con amores,
la noche ha abierto sus puertas de piano:
como un caballo el día corre en sus tribunales.

De lo sonoro sale el día
de aumento y grado,
y también de violetas cortadas y cortinas,
de extensiones, de sombra recién huyendo
y gotas que del corazón del cielo
caen como sangre celeste.

Sieh, wie der Rost seine Lider hebt,
wie sich das rote Türschloß entfesselt,
wie die Girlande sich langsam entrollt und zeigt, was sie hat,
Dinge, die größer werden,
die Brücken, plattgewalzt von den großen Straßenbahnen,
knarren wie Liebesbetten,
die Nacht hat ihre Flügel entfaltet wie ein Klavier:
wie ein Pferd trabt in seine Tribunale der Tag.

Aus dem Gebraus tritt der Tag hervor,
wächst, nimmt allmählich zu,
tritt hervor aus abgeschnittenen Veilchen und aus Gardinen,
aus weiten Flächen, aus hurtig fliehenden Schatten,
und Tropfen, die wie himmlisches Blut
aus dem Herzen des Himmels fallen.

BARCAROLA

Si solamente me tocaras el corazón,
si solamente pusieras tu boca en mi corazón,
tu fina boca, tus dientes,
si pusieras tu lengua como una flecha roja
allí donde mi corazón polvoriento golpea,
si soplaras en mi corazón, cerca del mar, llorando,
sonaría con un ruido oscuro, con sonido de ruedas de tren con
sueño,
como aguas vacilantes,
como el otoño en hojas,
como sangre,
con un ruido de llamas húmedas quemando el cielo,
sonando como sueños o ramas o lluvias,
o bocinas de puerto triste,
si tú soplaras en mi corazón, cerca del mar,
como un fantasma blanco,
al borde de la espuma,
en mitad del viento,
como un fantasma desencadenado, a la orilla del mar, llorando.

Como ausencia extendida, como campana súbita,
el mar reparte el sonido del corazón,
lloviendo, atardeciendo, en una costa sola:
la noche cae sin duda,
y su lúgubre azul de estandarte en naufragio
se puebla de planetas de plata enronquecida.
Y suena el corazón como un caracol agrio,
llama, oh mar, oh lamento, oh derretido espanto
esparcido en desgracias y olas desvencijadas:
de lo sonoro el mar acusa
sus sombras recostadas, sus amapolas verdes.

BARCAROLE

Wenn du mir nur an das Herz griffst,
wenn du nur deinen Mund in mein Herz grübst,
deinen zarten Mund, deine Zähne,
wenn du deine Zunge wie einen roten Pfeil eingrübst,
dort, wo mein staubiges Herz schlägt,
wenn du weinend, am Meer, in mein Herz bliesest,
es würde rauschen mit einem dunklen Geräusch, mit einem
Räderbrausen wie von schläfrigen Zügen,
wie schwankende Wasser,
wie der Herbst im Laub,
wie Blut,
mit einem Knistern von nassen Flammen, die den Himmel sengen,
rauschend wie Träume oder Zweige oder Regengüsse,
oder Nebelhörner in einem traurigen Hafen,
wenn du, am Meer, in mein Herz bliesest
wie ein weißes Gespenst
am Rande des Schaumes,
mitten im Wind,
wie ein befreites Gespenst, weinend, am Ufer des Meeres.

Das Meer, weit wie die Abwesenheit, jäh wie Glockengeläut,
wirft das Rauschen des Herzens an eine verlassene Küste:
es wird Abend, es regnet,
die Nacht fällt ohne zu zögern, und ihr Blau,
traurig wie das Blau von schiffbrüchigen Flaggen,
bevölkert sich mit Planeten von heiser gewordenem Silber.
Und das Herz rauscht wie eine bittere Muschel,
es ruft, o Meer, o Klage, o geschmolzener Schauer,
zerstreut in Verhängnissen und zerbrochenen Wellen:
In seinem Geräusch tut das Meer
seine schrägen Schatten kund, seinen grünen Mohn.

Si existieras de pronto, en una costa lúgubre,
rodeada por el día muerto,
frente a una nueva noche,
llena de olas,
y soplaras en mi corazón de miedo frío,
soplaras en la sangre sola de mi corazón,
soplaras en su movimiento de paloma con llamas,
sonarían sus negras sílabas de sangre,
crecerían sus incesantes aguas rojas,
y sonaría, sonaría a sombras,
sonaría como la muerte,
llamaría como un tubo lleno de viento o llanto,
o una botella echando espanto a borbotones.

Así es, y los relámpagos cubrirían tus trenzas
y la lluvia entraría por tus ojos abiertos
a preparar el llanto que sordamente encierras,
y las alas negras del mar girarían en torno
de ti, con grandes garras, y graznidos, y vuelos.

Quieres ser el fantasma que sople, solitario,
cerca del mar su estéril, triste instrumento?
Si solamente llamaras,
su prolongado son, su maléfico pito,
su orden de olas heridas,
alguien vendría acaso,
alguien vendría,
desde las cimas de las islas, desde el fondo rojo del mar,
alguien vendría, alguien vendría.

Alguien vendría, sopla con furia,
que suene como sirena de barco roto,
como lamento,
como un relincho en medio de la espuma y la sangre,
como un agua feroz mordiéndose y sonando.

Wärst du mit einem Mal an einer traurigen Küste,
umzingelt vom toten Tag,
einer neuen Nacht gegenüber,
durchtränkt von Wogen,
und bliesest in mein Herz aus kalter Furcht,
bliesest in das verlassene Blut meines Herzens,
fachtest den Schlag seiner Taubenflügel mit Flammen an,
seine unaufhörlichen roten Wasser stiegen,
ein Rauschen erhöbe sich in den schwarzen Silben des Blutes,
ein Rauschen, ein Rauschen im Schatten,
ein Rauschen wie der Tod,
ein Brausen wie Wind oder Tränen in einem eisernen Rohr,
oder einer Flasche, aus der sich fauchend ein Schauer ergießt.

Es ist so: deine Zöpfe wären von Blitzen umwölkt,
und der Regen ginge in deine offenen Augen ein,
in denen schon die dumpfen gefangenen Tränen warten,
und das Meer umflöge dich mit seinen schwarzen Flügeln,
mit großen Fängen, und Schreien, und Schwingenschlägen.

Willst du das Gespenst sein, das einsam, am Meer,
sein unfruchtbares, trauriges Instrument bläst?
Wenn du nur riefst, übtest
den langgezogenen Laut, den verderblichen Pfiff des Gespenstes,
seinen Code verwundeter Wellen,
jemand käme vielleicht,
jemand käme
von den Inselbergen herab, herauf aus dem roten Meeresgrund,
jemand käme, jemand käme.

Jemand käme herbei, blas nur mit rasender Kraft,
daß es töne wie die Sirene eines elenden Schiffes,
wie Weheklagen,
wie ein Wiehern inmitten des Schaums und des Blutes,
wie ein wildes Wasser, das sich rauschend zerfrißt.

En la estación marina
su caracol de sombra circula como un grito,
los pájaros del mar lo desestiman y huyen,
sus listas de sonido, sus lúgubres barrotes
se levantan a orillas del océano solo.

An der Landungsbrücke
wandert seine Schattenschnecke umher wie ein Schrei,
die Seevögel weisen sie ab und fliegen fort,
ihre Sirenentöne, ihre düstern Eisengitter
steigen am Strand des verlassenen Ozeans in die Höhe.

SÓLO LA MUERTE

Hay cementerios solos,
tumbas llenas de huesos sin sonido,
el corazón pasando un túnel
oscuro, oscuro, oscuro,
como un naufragio hacia adentro nos morimos,
como ahogarnos en el corazón,
como irnos cayendo desde la piel al alma.

Hay cadáveres,
hay pies de pegajosa losa fría,
hay la muerte en los huesos,
como un sonido puro,
como un ladrido sin perro,
saliendo de ciertas campanas, de ciertas tumbas,
creciendo en la humedad como el llanto o la lluvia.

Yo veo, solo, a veces,
ataúdes a vela
zarpar con difuntos pálidos, con mujeres de trenzas muertas,
con panaderos blancos como ángeles,
con niñas pensativas casadas con notarios,
ataúdes subiendo el río vertical de los muertos,
el río morado,
hacia arriba, con las velas hinchadas por el sonido de la muerte,
hinchadas por el sonido silencioso de la muerte.

A lo sonoro llega la muerte
como un zapato sin pie, como un traje sin hombre,
llega a golpear con un anillo sin piedra y sin dedo,
llega a gritar sin boca, sin lengua, sin garganta.

ANTLITZ DES TODES

Es gibt verlassene Friedhöfe,
Gräber voll Knochen, lautlos,
wo das Herz durch einen Stollen muß,
dunkel, dunkel, dunkel,
als würden wir in uns selber ersäuft, sterben wir,
als litten wir Schiffbruch im eigenen Herzen,
als fielen wir tiefer und tiefer aus der Haut in die Seele.

Es gibt Leichen,
es gibt Füße aus kaltem klebrigem Grabstein,
es gibt Knochen, in denen der Tod ist,
wie ein Laut, der nichts ist als Laut,
wie ein Gebell ohne Hund,
so quillt er aus manchen Glocken, aus manchen Gräbern,
so schwillt er im Feuchten, wie der Regen, wie das Gewimmer.

Wenn ich allein bin, seh ich zuweilen
Särge mit Segeln die Anker lichten
mit einer Fracht von bleichen Verstorbenen, Frauen
mit toten Zöpfen,
von Bäckern, so weiß wie Engel,
von grübelnden Mädchen, verheiratet mit Notaren,
Särge den lotrechten Fluß der Toten hinauftreiben,
den maulbeerfarbenen Fluß,
aufwärts, die Segel vom Schall des Todes gebläht,
vom lautlosen Schall des Todes gebläht.

Am Ufer des Schalls langt der Tod an
wie ein Schuh ohne Fuß, wie ein Kleid ohne Mann,
langt an und pocht mit einem Ring ohne Stein, ohne Finger,
langt an und schreit ohne Kehle, ohne Mund, ohne Zunge.

Sin embargo sus pasos suenan
y su vestido suena, callado, como un árbol.

Yo no sé, yo conozco poco, yo apenas veo,
pero creo que su canto tiene color de violetas húmedas,
de violetas acostumbradas a la tierra,
porque la cara de la muerte es verde,
y la mirada de la muerte es verde,
con la aguda humedad de una hoja de violeta
y su grave color de invierno exasperado.

Pero la muerte va también por el mundo vestida de escoba,
lame el suelo buscando difuntos,
la muerte está en la escoba,
es la lengua de la muerte buscando muertos,
es la aguja de la muerte buscando hilo.
La muerte está en los catres:
en los colchones lentos, en las frazadas negras
vive tendida, y de repente sopla:
sopla un sonido oscuro que hincha sábanas,
y hay camas navegando a un puerto
en donde está esperando, vestida de almirante.

Dennoch hallt sein Schritt,
und stumm, wie ein Baum, rauscht seine Robe.

Ich weiß nicht, ich kenne wenig, ich sehe nicht viel,
aber ich glaube, sein Lied hat die Farbe von nassen Veilchen,
von Veilchen, die an die Erde gewöhnt sind,
denn das Antlitz des Todes ist grün,
und der Blick des Todes ist grün,
vom stechenden, nassen Grün eines Veilchenblattes,
und düster ist seine Farbe, wie ein erbitterter Winter.

Aber der Tod geht auch durch die Welt, als Besen verkleidet,
leckt am Boden, nach Toten suchend:
in jedem Besen verbirgt sich der Tod,
das ist seine Zunge, die nach Verstorbenen sucht,
das ist seine Nadel auf der Suche nach Zwirn.
Der Tod haust in den Pritschen:
in den müden Matratzen, in den schwarzen Decken
liegt er und dehnt sich, und auf einmal bläst er:
bläst er mit einem dumpfen Geräusch, das die Bettücher bauscht,
und es schwimmen die Betten auf einen Hafen zu,
wo er steht, wo er wartet, im Kleid eines Admirals.

ODA A FEDERICO GARCÍA LORCA

Si pudiera llorar de miedo en una casa sola,
si pudiera sacarme los ojos y comérmelos,
lo haría por tu voz de naranjo enlutado
y por tu poesía que sale dando gritos.

Porque por ti pintan de azul los hospitales
y crecen las escuelas y los barrios marítimos,
y sc pueblan de plumas los ángeles heridos,
y se cubren de escamas los pescados nupciales,
y van volando al cielo los erizos:
por ti las sastrerías con sus negras membranas
se llenan de cucharas y de sangre,
y tragan cintas rotas, y se matan a besos,
y se visten de blanco.

Cuando vuelas vestido de durazno,
cuando ríes con risa de arroz huracanado,
cuando para cantar sacudes las arterias y los dientes,
la garganta y los dedos,
me moriría por lo dulce que eres,
me moriría por los lagos rojos
en donde en medio del otoño vives
con un corcel caído y un dios ensangrentado,
me moriría por los cementerios
que como cenicientos ríos pasan
con agua y tumbas,
de noche, entre campanas ahogadas:
ríos espesos como dormitorios
de soldados enfermos, que de súbito crecen
hacia la muerte en ríos can números de mármol
y coronas podridas, y aceites funerales:
me moriría por verte de noche

ODE AN FEDERICO GARCÍA LORCA

Könnte ich heulen vor Furcht in einem leeren Gebäude,
könnte ich mir die Augen ausraufen und sie verzehren,
ich tät es um deine Stimme, eine Orange in Trauertracht,
und um dein Gedicht, das schreiend zu Tag tritt.

Denn um deinetwillen werden die Hospitäler blau getüncht,
und die Schulen wuchern, und die Viertel am Hafen,
und es befiedern sich die verwundeten Engel,
und die Fische schuppen sich in ihrem Brautbett,
und zum Himmel auffahren die Igel:
um deinetwillen füllen die Schneiderstuben,
mit schwarzen Häutchen bedeckt, mit Löffeln sich und mit Blut
und verschlingen verschlissene Bänder und küssen sich tot
und kleiden sich ganz in Weiß.

Wenn du geflogen kämst im Gewand eines Pfirsichs,
lachend dein Lachen wie einen Tornado von Reis,
Zähne und Adern rührend zu deinem Gesang,
Finger und Kehle:
ich müßte an deiner Lieblichkeit sterben,
müßte sterben an den roten Gewässern,
in denen du wohnst, inmitten des Herbstes,
mit einem gestürzten Roß und einem blutenden Gott,
müßte sterben an den Friedhöfen, die
wie aschgraue Flüsse vorüberziehn
mit Wasser und Gräbern,
nachts, an ertrunkenen Glocken vorbei:
Flüsse, dumpf wie kranker Soldaten
Schlafsäle: und plötzlich steigt es und schwillt
zu Tode in Flüssen mit marmornen Nummern
und faulenden Kronen und Sterbeöl:
ich müßte sterben, säh ich dich nachts

mirar pasar las cruces anegadas,
de pie y llorando,
porque ante el río de la muerte lloras
abandonadamente, heridamente,
lloras llorando, con los ojos llenos
de lágrimas, de lágrimas, de lágrimas.

Si pudiera de noche, perdidamente solo,
acumular olvido y sombra y humo
sobre ferrocarriles y vapores,
con un embudo negro,
mordiendo las cenizas,
lo haría por el árbol en que creces,
por los nidos de aguas doradas que reúnes,
y por la enredadera que te cubre los huesos
comunicándote el secreto de la noche.

Ciudades con olor a cebolla mojada
esperan que tú pases cantando roncamente,
y silenciosos barcos de esperma te persiguen,
y golondrinas verdes hacen nido en tu pelo,
y además caracoles y semanas,
mástiles enrollados y cerezas
definitivamente circulan cuando asoman
tu pálida cabeza de quince ojos
y tu boca de sangre sumergida.

Si pudiera llenar de hollín las alcaldías
y, sollozando, derribar relojes,
sería para ver cuándo a tu casa
llega el verano con los labios rotos,
llegan muchas personas de traje agonizante,
llegan regiones de triste esplendor,
llegan arados muertos y amapolas,
llegan enterradores y jinetes,

auf die ertrunkenen Kreuze blicken,
aufrecht und weinend, wie sie vorübertreiben:
denn dort, am Todesfluß, stehst du und weinst,
verlassen, verwundet,
weinend, weinst, und deine Augen sind
voll Tränen, voll Tränen, voll Tränen.

Könnte ich in der Nacht, unwiderruflich allein,
mit einem schwarzen Trichter
Vergessen einsammeln und Schatten und Rauch
über Dampfern und Lokomotiven,
die Asche zwischen den Zähnen,
ich tät es dem Baum zulieb, darin du gedeihst,
den goldenen Wassernestern, die in dir münden,
und der Wicke, die deine Gebeine bedeckt
und dich einweiht in das Geheimnis der Nacht.

Städte, die riechen nach feuchten Zwiebeln,
warten auf dich, daß du kommst mit heiseren Liedern,
und schweigende Samenschiffe folgen dir nach,
und grüne Schwalben nisten in deinem Haar,
und Schnecken und obendrein Wochen,
zusammengerollte Maste und Kirschen:
der große Kreislauf beginnt, wenn endlich
dein blasser fünfzehnäugiger Kopf erscheint
und dein Mund aus versunkenem Blut.

Könnte ich die Kanzleien mit Ruß erfüllen
und schluchzend die Uhren herunterreißen,
ich tät es, nur um zu sehn, wann in deine Wohnung
der Sommer käme mit seinen gebrochenen Lippen,
viele Leute kämen in sterbenden Kleidern,
kämen Landstriche in traurigem Glanz,
käme der Mohn, kämen tote Pflüge,
kämen Reiter und Totengräber,

llegan planetas y mapas con sangre,
llegan buzos cubiertos de ceniza,
llegan enmascarados arrastrando doncellas
atravesadas por grandes cuchillos,
llegan raíces, venas, hospitales,
manantiales, hormigas,
llega la noche con la cama en donde
muere entre las arañas un húsar solitario,
llega una rosa de odio y alfileres,
llega una embarcación amarillenta,
llega un día de viento con un niño,
llego yo con Oliverio, Norah,
Vicente Aleixandre, Delia,
Maruca, Malva Marina, María Luisa y Larco,
la Rubia, Rafael, Ugarte,
Cotapos, Rafael Alberti,
Carlos, Bebé, Manolo Altolaguirre.
Molinari,
Rosales, Concha Méndez,
y otros que se me olvidan.
Ven a que te corone, joven de la salud
y de la mariposa, joven puro
como un negro relámpago perpetuamente libre,
y conversando entre nosotros,
ahora, cuando no queda nadie entre las rocas,
hablemos sencillamente como eres tú y soy yo:
Para qué sirven los versos si no es para el rocío?

Para qué sirven los versos si no es para esa noche
en que un puñal amargo nos averigua, para ese día,
para ese crepúsculo, para ese rincón roto
donde el golpeado corazón del hombre se dispone a morir?

Sobre todo de noche,
de noche hay muchas estrellas,

kämen Landkarten voller Blut und Planeten,
kämen Taucher, mit Asche bedeckt,
kämen Maskierte und schleiften Jungfraun herbei,
Jungfraun, von großen Messern durchbohrt,
kämen Wurzeln, Ameisen, Adern,
Krankenhäuser und Quellen,
käme die Nacht mit dem Bett, in dem ein Husar
einsam stürbe unter den Spinnen,
käme aus Haß und Stecknadeln eine Rose,
käme ein gelbliches Schiff,
käme ein windiger Tag mit einem Bübchen,
käme ich mit Oliverio und Norah,
Vicente Aleixandre, Delia,
Maruca, Malva Marina, María Luisa y Larco,
la Rubia, Rafael, Ugarte,
Cotapos, Rafael Alberti,
Carlos, Bebé, Manolo Altolaguirre.
Molinari,
Rosales, Concha Méndez,
und andere, die mir nicht einfallen.
Komm, damit ich dich kröne, heiler Jüngling,
Sommervogel, Jüngling rein
wie ein schwarzer Blitz, der immerfort frei ist:
jetzt, da wir unter den Felsen mit uns allein sind,
wollen wir einfach reden, so einfach wie du und ich:
sag, wozu taugen die Verse, wenn nicht für den Tau?

Wozu taugen die Verse, wenn nicht für diese Nacht,
in der uns ein bitterer Dolch durchwühlt, diesen Tag,
diese Dämmerung, diesen gebrochenen Winkel,
da das geschlagene Menschenherz sich zum Sterben bereitet?

Vor allem nachts,
da gibt es viele Sterne,

todas dentro de un río
como una cinta junto a las ventanas
de las casas llenas de pobres gentes.

Alguien se les ha muerto, tal vez
han perdido sus colocaciones en las oficinas,
en los hospitales, en los ascensores,
en las minas,
sufren los seres tercamente heridos
y hay propósito y llanto en todas partes:
mientras las estrellas corren dentro de un río interminable
hay mucho llanto en las ventanas,
los umbrales están gastados por el llanto,
las alcobas están mojadas por el llanto
que llega en forma de ola a morder las alfombras.

Federico,
tú ves el mundo, las calles,
el vinagre,
las despedidas en las estaciones
cuando el humo levanta sus ruedas decisivas
hacia donde no hay nada sino algunas
separaciones, piedras, vías férreas.

Hay tantas gentes haciendo preguntas
por todas partes.
Hay el ciego sangriento, y el iracundo, y el
desanimado,
y el miserable, el árbol de las uñas,
el bandolero con la envidia a cuestas.

Así es la vida, Federico, aquí tienes
las cosas que te puede ofrecer mi amistad
de melancólico varón varonil.
Ya sabes por ti mismo muchas cosas,
y otras irás sabiendo lentamente.

alle in einem Fluß:
wie ein Trauerband, das vor den Fenstern
von Häusern voll armer Leute hängt.

Jemand ist ihnen gestorben, oder vielleicht
haben sie ihre Stellen in den Kontoren,
in den Aufzügen, in den Spitälern,
in den Gruben verloren:
es leiden die Wesen an hartnäckigen Wunden,
und überall gibt es Berechnung, gibt es Gewimmer:
während die Sterne fließen in einem endlosen Fluß,
gibt es viel Gewimmer hinter den Fenstern,
die Türschwellen sind von Tränen ausgetreten,
die Alkoven sind naß von Tränen,
Tränen, die an den Teppichen nagen wie eine Brandung.

Federico,
du siehst die Welt, die Straßen,
den Essig,
die Abschiede auf den Bahnhöfen,
wenn der Rauch seine Kreise emporschreibt
wie ein Urteil, dorthin, wo nichts ist als ein paar
Steine, Trennungen, eiserne Schienen.

Es gibt soviel Leute, die Fragen stellen
überall auf der Welt.
Es gibt den Blinden, der blutet, und den Erzürnten,
und den, der mutlos ist,
und den Knicker, den Baum aus Krallen,
den Gangster mit dem Neid im Genick.

So ist das Leben, Federico, hier hast du,
was dir meine Freundschaft zu schenken weiß,
die männlich und melancholisch ist.
Viele Dinge weißt du von selbst,
nach und nach wirst du andere wissen.

LAS FURIAS Y LAS PENAS

> Hay en mi corazón furias y penas . . .
> Quevedo

En el fondo del pecho estamos juntos,
en el cañaveral del pecho recorremos
un verano de tigres,
al acecho de un metro de piel fría,
al acecho de un ramo de inaccesible cutis,
con la boca olfateando sudor y venas verdes
nos encontramos en la húmeda sombra que deja caer besos.

Tú mi enemiga de tanto sueño roto de la misma manera
que erizadas plantas de vidrio, lo mismo que campanas
deshechas de manera amenazante, tanto como disparos
de hiedra negra en medio del perfume,
enemiga de grandes caderas que mi pelo han tocado
con un ronco rocío, con una lengua de agua,
no obstante el mudo frío de los dientes y el odio de los ojos,
y la batalla de agonizantes bestias que cuidan el olvido,
en algún sitio del verano estamos juntos
acechando con labios que la sed ha invadido.

Si hay alguien que traspasa
una pared con círculos de fósforo
y hiere el centro de unos dulces miembros
y muerde cada hoja de un bosque dando gritos,
tengo también tus ojos de sangrientas luciérnagas
capaces de impregnar y atravesar rodillas
y gargantas rodeadas de seda general.

Cuando en las reuniones
el azar, la ceniza, las bebidas

DIE RASEREI UND DIE QUAL

Hay en mi corazón furias y penas . . .
Quevedo

In der Grube der Brust sind wir vereinigt,
im Dickicht der Brust durchstreifen wir
einen Raubkatzensommer,
auf der Lauer nach einem Stück kalter Haut,
auf der Lauer nach einem Zweig unzugänglicher Epidermis,
wittern wir mit dem Mund grüne Adern und Schweiß,
begegnen wir uns im feuchten Schatten, triefend von Küssen.

Du meine Feindin aus soviel Schlaf, zerbrochen
wie gesträubte Pflanzen aus Glas, wie Glocken
bedrohlich zerstört, ganz wie Schüsse
von schwarzem Efeu inmitten des Duftes,
Feindin mit großen Hüften, die mein Haar berührt haben
mit einem heiseren Tau, mit einer Zunge aus Wasser,
trotz der stummen Kälte der Zähne und der Bosheit der Augen
und der Schlacht der sterbenden Tiere, die für das Vergessen
sorgen,
trotz allem sind wir, wer weiß wo, im Sommer zusammen
und lauern mit durstigen Lippen.

Wenn es ein Wesen gibt, das eine Mauer
mit Phosphorkreisen durchbohren kann
und das Innere von ein paar zarten Gliedern verwunden
und schreiend in jedes einzelne Blatt eines Waldes beißen,
dann habe auch ich deine grausamen Leuchtkäferaugen,
die mit ihrem Blut Knie tränken und überrollen
und mit gewöhnlicher Seide umschlungene Kehlen.

Auf den Festen freilich sind
der Zufall, die Asche, die Drinks zuhaus

el aire interrumpido,
pero ahí están tus ojos oliendo a cacería,
a rayo verde que agujerea pechos,
tus dientes que abren manzanas de las que cae sangre,
tus piernas que se adhieren al sol dando gemidos,
y tus pechos de nácar y tus pies de amapola,
como embudos llenos de dientes que buscan sombra,
como rosas hechas de látigo y perfume, y aun,
aun más, aun más,
aun detrás de los párpados, aun detrás del cielo,
aun detrás de los trajes y los viajes, en las calles donde la gente
    orina,
adivinas los cuerpos,
en las agrias iglesias a medio destruir, en las cabinas que el mar
    lleva en las manos,
acechas con tus labios sin embargo floridos,
rompes a cuchilladas la madera y la plata,
crecen tus grandes venas que asustan;
no hay cáscaras, no hay distancia ni hierro,
tocan manos tus manos,
y caes haciendo crepitar las flores negras.

Adivinas los cuerpos!
Como un insecto herido de mandatos
adivinas el centro de la sangre y vigilas
los músculos que postergan la aurora, asaltas sacudidas,
relámpagos, cabezas,
y tocas largamente las piernas que te guían.

Oh conducida herida de flechas especiales!

Hueles lo húmedo en medio de la noche?

O un brusco vaso de rosales quemados?

und die unterbrochene Luft,
doch hier sind deine Augen, die riechen nach Jagd,
nach dem grünen Blitz, der die Brust durchbohrt,
deine Zähne, die Äpfel aufbrechen, daß das Blut herausrinnt,
deine Beine, die sich stöhnend an die Sonne anklammern,
und deine Brüste von Perlmutt und deine mohnenen Füße,
wie Trichter voll von schattensuchenden Zähnen,
wie Rosen, geflochten aus Peitschen und Duft, und mehr,
immer mehr, immer mehr,
über die Lider hinweg, über den Himmel,
über die Anzüge und die Reisen hinweg, in den Straßen,
dort wo die Leute pinkeln,
spürst du die Leiber auf,
in den bitteren halbzerfallenen Kirchen, in den Kajüten, die
das Meer in den Händen hält,
lauerst du mit deinen allerdings blühenden Lippen,
brichst mit Messerhieben das Holz und das Silber auf,
und es schwellen deine großen, entsetzlichen Adern;
da gibts keine Rinden mehr, keinen Zwischenraum und kein Eisen,
da fassen Hände deine Hände an,
und du sinkst hin, daß die schwarzen Blüten prasseln.

Du spürst die Leiber auf!
Wie ein Insekt, von Befehlen wund,
spürst du die Mitte des Blutes auf und überwachst
die Muskeln, die die Morgenröte verzögern, erstürmst
Erschütterungen, Blitze, Köpfe,
und schmiegst dich den Beinen an, die dich führen.

O verwundete Bahn der besonderen Pfeile!

Riechst du die Nässe in der Mitte der Nacht?

Oder ein jähes Gefäß mit verbrannten Rosen?

Oyes caer la ropa, las llaves, las monedas
en las espesas casas donde llegas desnuda?

Mi odio es una sola mano que te indica
el callado camino, las sábanas en que alguien ha dormido
con sobresalto: llegas
y ruedas por el suelo manejada y mordida,
y el viejo olor del semen como una enredadera
de cenicienta harina se desliza a tu boca.

Ay leves locas copas y pestañas,
aire que inunda un entreabierto río
como sola paloma de colérico cauce,
como atributo de agua sublevada,
ay substancias, sabores, párpados de ala viva
con un temblor, con una ciega flor temible,
ay graves, serios pechos como rostros,
ay grandes muslos llenos de miel verde,
y talones, y sombra de pies, y transcurridas
respiraciones, y superficies de pálida piedra,
y duras olas que suben la piel hacia la muerte
llenas de celestiales harinas empapadas.
Entonces, este río
va entre nosotros, y por una ribera
vas tú mordiendo bocas?

Entonces es que estoy verdaderamente, verdaderamente lejos
y un río de agua ardiendo pasa en lo oscuro?
Ay cuántas veces eres la que el odio no nombra,
y de qué modo hundido en las tinieblas,
y bajo qué lluvias de estiércol machacado
tu estatua en mi corazón devora el trébol.

El odio es un martillo que golpea tu traje
y tu frente escarlata

Hörst du die Kleider fallen, die Schlüssel, die Münzen
in den schmutzigen Häusern, wo du nackt ankommst?

Mein Haß ist eine einzige Hand, die zeigt dir
den schweigenden Weg, die Laken, in denen jemand
aus dem Schlaf geschreckt ist: dorthin gerätst du
und rollst am Boden unter fremden Händen und Bissen,
und der alte Geruch des Samens schleicht sich
wie eine Wicke aus grauem Mehl in deinen Mund.

Weh, toller Becher und irre Wimpern,
Luft, die einen Entenfluß überschwemmt,
wie eine einzige Taube im zornigen Flußbett,
wie ein Sinnbild empörter Gewässer,
Weh euch Stoffen, Gerüchen, Lidern mit schnellem Flügel,
mit einem Zittern, mit einer furchtbaren blinden Blume,
weh euch Brüsten, aufrichtig, ernst, wie Gesichter,
weh euch großen Lenden voll grünen Honigs,
euch Fersen, und Schatten der Füße, und verwehten
Atemzügen, und Oberflächen von blassem Stein,
und harten Wellen, die unter der Haut hingehn bis zum Tod,
voll von durchnäßtem himmlischem Mehl.
Rinnt dieser Fluß denn
zwischen uns vorbei, und du gehst zu einem Ufer,
in Münder beißend?

Bin ich denn wahrhaftig, wahrhaftig so fern,
und ein Fluß rinnt vorbei mit brennenden Wassern ins Dunkel?
Weh, wie oft bist du es, für die der Haß keinen Namen hat,
und wie wirst du untergetaucht in die Finsternisse,
und unter was für Jauchegüssen
verzehrt dein steinernes Bild in meinem Herzen den Klee.

Der Haß ist ein Hammer, der an dein Kleid
und an deine hellrote Stirn schlägt,

y los días del corazón caen en tus orejas
como vagos buhos de sangre eliminada,
y los collares que gota a gota se formaron con lágrimas
rodean tu garganta quemándote la voz como con hielo.

Es para que nunca, nunca
hables, es para que nunca, nunca
salga una golondrina del nido de la lengua
y para que las ortigas destruyan tu garganta
y un viento de buque áspero te habite.

En dónde te desvistes?
En un ferrocarril, junto a un peruano rojo
o con un segador, entre terrones, a la violenta luz del trigo?
O corres con ciertos abogados de mirada terrible
largamente desnuda, a la orilla del agua de la noche?

Miras: no ves la luna ni el jacinto
ni la oscuridad goteada de humedades,
ni el tren de cieno, ni el marfil partido:
ves cinturas delgadas como oxígeno,
pechos que aguardan acumulando peso
e idéntica al zafiro de lunar avaricia
palpitas desde el dulce ombligo hasta las rosas.

Por qué sí? Por qué no? Los días descubiertos
aportan roja arena sin cesar destrozada
a las hélices puras que inauguran el día,
y pasa un mes con corteza de tortuga,
pasa un estéril día,
pasa un buey, un difunto,
una mujer llamada Rosalía,

und die Tage des Herzens stürzen in deine Ohren
wie Eulen, die niemand kennt, von ausgesondertem Blut,
und die Halsbänder, die sich Tropfen um Tropfen schließen,
kränzen deine Kehle mit Tränen und versengen deine Stimme
mit Eis.

Es ist, damit du niemals, niemals
sprichst, damit niemals, niemals
aus dem Nest deiner Zunge eine Schwalbe fahre,
und damit die Brennesseln deine Kehle zerstören
und ein Wind in dir haust wie auf einem rauhen Schiff.

Wo ist es? Wo ziehst du dich aus?
In einem Eisenbahnzug, bei einem roten Mann aus Perú,
oder bei einem Schnitter, unter Erdklumpen, im heftigen
Licht des Weizens?
oder läufst du mit Advokaten herum, Männern mit
scheußlichen Augen,
splitternackt, am Ufer des nächtlichen Wassers?

Schau dich um: du siehst weder den Mond noch die Hyazinthe,
noch die Finsternis, triefend vor Flüssigkeit,
noch den Zug aus Schlamm, noch das klaffende Elfenbein:
du siehst Taillen, dünn geworden wie Sauerstoff,
Brüste, die vor Erwartung schwerer und schwerer werden,
und mondsüchtig, wie der Saphir, zuckst du vor Gier
vom zarten Nabel bis zu den Rosen hin.

Wozu ja? Wozu nein? Die entblößten Tage
bringen unaufhörlich zerstörten roten Sand herbei
und werfen ihn in die reinen Luftschrauben, die den Tag einsegnen,
und ein Monat zieht vorbei, wie eine Schildkröte gepanzert,
ein fruchtloser Tag zieht vorbei,
ein Ochs zieht vorbei, eine Leiche,
eine Frau namens Rosamunde,

y no queda en la boca sino un sabor de pelo
y de dorada lengua que con sed se alimenta.
Nada sino esa pulpa de los seres,
nada sino esa copa de raíces.

Yo persigo como en un túnel roto, en otro extremo
carne y besos que debo olvidar injustamente,
y en las aguas de espaldas, cuando ya los espejos
avivan el abismo, cuando la fatiga, los sórdidos relojes
golpean a la puerta de hoteles suburbanos, y cae
la flor de papel pintado, y el terciopelo manchado por las
ratas,
y la cama cien veces ocupada por miserables parejas, cuando
todo me dice que un día ha terminado, tú y yo
hemos estado juntos derribando cuerpos,
construyendo una casa que no dura ni muere,
tú y yo hemos corrido juntos un mismo río
con encadenadas bocas llenas de sal y sangre,
tú y yo hemos hecho temblar otra vez las luces verdes
y hemos solicitado de nuevo las grandes cenizas.

Recuerdo sólo un día
que tal vez nunca me fué destinado,
era un día incesante,
sin orígenes, Jueves.
Yo era un hombre transportado al acaso
con una mujer hallada vagamente,
nos desnudamos
como para dormir o nadar o envejecer
y nos metimos uno dentro del otro,
ella rodeándome como un agujero,
yo quebrantándola como quien
golpea una campana,

und nichts bleibt zurück als ein Geschmack von Haar
und von einer goldenen Zunge, deren Speise der Durst ist.
Nichts als dieses zarte Mark der Geschöpfe,
nichts als dieser Becher voll Wurzeln.

Ich jage wie durch einen verfallenen Stollen, am andern Ende,
Fleisch und Küsse, die ich zu Unrecht vergessen muß,
und das Wasser schlägt hinter mir zusammen, denn schon
hetzen die Spiegel zum Sprung in den Abgrund auf,
schon pochen Müdigkeit und schmutzige Uhren
an die Türen der Stundenhotels, und es fällt
die Tapetenblume, und der Plüsch, von den Ratten befleckt,
und das Bett, hundertmal von elenden Paaren gebraucht, versinkt:
schon sagt mir alles, ein Tag ist zu Ende gegangen, du und ich,
wir sind zusammen gewesen, die Körper zu Boden geworfen,
wir haben ein Haus gebaut, das weder dauert noch stirbt,
du und ich, wir sind zusammengeflossen, ein einziger Strom
mit verketteten Mündern voller Salz und Blut,
du und ich, wir haben noch einmal die grünen Lichter zum
        Zittern gebracht
und von neuem die mächtigen Aschen heraufbeschworen.

Ich besinne mich nur auf einen einzigen Tag,
der mir am Ende niemals bestimmt war,
es war ein unaufhörlicher Donnerstag,
ein Donnerstag ohne Anfang.
Ich war ein Mann, irgendwohin unterwegs
mit einer aufgelesenen Frau,
wir zogen uns aus,
wie um zu schlafen oder zu schwimmen oder zu altern
und ließen uns ein ineinander,
sie umgab mich wie eine Öffnung,
ich zerbrach sie, wie einer
an eine Glocke schlägt,

pues ella era el sonido que me hería
y la cúpula dura decidida a temblar.

Era una sorda ciencia con cabello y cavernas
y machacando puntas de médula y dulzura
he rodado a las grandes coronas genitales
entre piedras y asuntos sometidos.

Este es un cuento de puertos adonde
llega uno, al azar, y sube a las colinas,
suceden tantas cosas.

Enemiga, enemiga
es posible que el amor haya caído al polvo
y no haya sino carne y huesos velozmente adorados
mientras el fuego se consume
y los caballos vestidos de rojo galopan al infierno?

Yo quiero para mí la vena y el relámpago
a fondo de epidermis,
y el devorante pétalo desarrollado en furia,
y el corazón labial del cerezo de Junio,
y el reposo de lentas barrigas que arden sin dirección,
pero me falta un suelo de cal con lágrimas
y una ventana donde esperar espumas.

Así es la vida,
corre tú entre las hojas, un otoño
negro ha llegado,
corre vestida con una falda de hojas y un cinturón de metal
amarillo,
mientras la neblina de la estación roe las piedras.
Corre con tus zapatos, con
tus medias,

da war sie der Schall, der mich traf,
und die harte Kuppel, entschlossen zu schwingen.

Es war eine dumpfe Kunde von Haaren und Höhlen,
und ich bin, Spitzen von Mark und Zartheit zermalmend,
zugerollt auf die großen Kränze des Geschlechts,
zwischen Steinen und unterworfenen Sachen.

Dies ist ein Bericht von Häfen,
in die einer blindlings gerät, und besteigt die Hügel,
und vielerlei stößt ihm zu.

Feindin, Feindin,
kann es sein, ist die Liebe zu Staub geworden?
Gibt es nichts als Fleisch und Knochen, flüchtig angebetet,
während das Feuer sich schon verzehrt
und die rotgekleideten Pferde zur Hölle hetzen?

Ich verlange für mich die Ader und den Blitz
auf dem Grunde der Epidermis,
und das verzehrende Blütenblatt, entfaltet in Raserei,
und das Lippenherz des Kirschbaums im Juni,
und die Gelassenheit beharrlicher Leiber, die ziellos
        entflammt sind,
aber es fehlt mir ein kalkiger Grund mit Tränen darauf
und ein Fenster, von dem aus ich warten kann auf den Schaum.

So ist das Leben,
lauf du nur unterm Laub,
ein schwarzer Herbst ist gekommen,
lauf, bekleidet mit einem Rock aus Laub und einem Gürtel
        aus gelbem Metall,
während der Nebel der Jahreszeit an den Steinen nagt.
Lauf mit deinen Schuhen, mit
deinen Strümpfen,

con el gris repartido, con el hueco del pie, y
con esas manos que el tabaco salvaje adoraría,
golpea escaleras, derriba
el papel negro que protege las puertas,
y entra en medio del sol y la ira de un día de puñales
a echarte como paloma de luto y nieve sobre un cuerpo.

Es una sola hora larga como una vena,
y entre el ácido y la paciencia del tiempo arrugado
transcurrimos,
apartando las sílabas del miedo y la ternura,
interminablemente exterminados.

mit den grauen Schwaden, mit dem Hall der Füße,
und mit diesen Händen, die der wilde Tabak anbeten würde,
lauf klappernd über die Treppen, reiß ab
das schwarze Papier, das vor den Türen klebt,
und tritt in den Kern der Sonne und in den Zorn eines Tages
    ein, der mit Messern sticht,
und laß dich endlich nieder auf einen Leib, wie eine Taube aus
    Trauer und Schnee.

Es ist eine einzige Stunde, wie eine Ader so lang,
und zwischen der Säure und der Geduld der gerunzelten Zeit
gehn wir hin,
legen die Silben der Furcht und der Zärtlichkeit fort
und werden ausgerottet ohne ein Ende.

NACHBEMERKUNG

Die mächtigsten Stimmen der lateinamerikanischen Poesie gehörten dem Peruaner César Vallejo und dem Chilenen Pablo Neruda.
Nerudas Stimme, ebenso leidenschaftlich wie monoton, ebenso gleichgültig wie ergriffen, ebenso einsam wie umfassend, ist eine elementare Stimme; sie gleicht dem Meer. Ihre Brandung, ihr Atem ist lang und unaufhaltsam, ihre Resignation ist vollgesogen mit Zorn, Zärtlichkeit und Aufruhr, und sie trägt auf dem Kamm ihrer Verse das Strandgut unserer Existenz einem unerreichbaren Ufer, dem zukünftigen Gedicht, zu:

Ich gehe und trage meine Gelassenheit, meine Augen, meine Schuhe, meine Wut, mein Vergessen
quer durch Kanzleien und orthopädische Läden,
quer durch Hinterhöfe, wo Wäsche an einem Draht hängt:
Handtücher, Unterhosen und Hemden weinen dort
ihre langsamen schmutzigen Tränen.

So vieles gibt es, was nicht vergessen werden kann und was diese Stimme uns gleichmütig hinzählt, viel Mühsal, viele Stempel, Schirme und Küsse, Münzen und Tränen, Gitarren und Schlüssel ... Bis in das Herz der Stoffe und bis ans Gesicht des Todes dringt sie vor, flutet zurück und wirft uns zu »eine tote, bezifferte Taube« und »einen Planeten aus durchbohrten Rosen«.
Diesen Gedichten ist die starre Plastik des Sonetts durchaus fremd; von jenem statischen Formideal, das in Deutschland seit eh und je für »romanisch« gehalten wurde, ist ihnen nichts anzumerken. Sie sind Poesie in statu nascendi, will sagen: der Vorgang seiner Entstehung bildet sich fortwährend im dichterischen Produkt ab, als ein ständiges Suchen, ein Pochen, ein Wühlen in der versteinerten und ertaubten Sprache.

In ihrer eigenen syntaktischen und logischen Bewegung teilen diese Verse dem Leser die Unruhe mit, von der sie sprechen, und die Unerreichbarkeit des Zieles, nach dem sie tasten; das Dunkel, in dem sie scheitern und untergehen, ist die Poesie selber. Also keine abstrakte Finsternis, auch nicht das Unerkennbare: vielmehr das Dunkel der Erde, das Alltäglichste und Vertrauteste, das jedem begegnet und dessen doch nur der Dichter kundig ist »und sonst niemand«.

Immer wieder spricht das frühe Werk Nerudas vom Schmutz, von verrotteten, verbrauchten, abgenutzten, zerbrochenen Dingen. El roto – das ist die zentrale Metapher dieser Poesie. Das Wort ist zunächst einfach das Partizip des Verbs romper, zerbrechen; doch hat es mit ihm eine besondere Bewandtnis. Das Wörterbuch führt folgende Bedeutungen an: entzwei, kaputt, zerlumpt, liederlich; in Chile bedeutet es, als Substantiv, soviel wie Proletarier; diese Bedeutung wird in Argentinien und Peru zu einem Schimpfnamen für die Einwohner Chiles insgesamt verallgemeinert. Charakteristisch für Neruda ist, daß in seiner zentralen Metapher der provinzielle Aspekt mit dem universellen in eins fällt. Denn das Schmutzige und Kaputte sucht diese Dichtung nicht als Hautgout, als jenen ästhetischen Reiz auf, den Baudelaire für die Moderne entdeckt hat. Es gilt ihr als das sichtbarste Zeichen der menschlichen Verfassung überhaupt, nicht nur der gesellschaftlichen. Die Zeit, der Schmerz und der Tod sind nur Modifikationen, allgemeine Erscheinungsformen der Verunreinigung und des Verschleißes, von dem alles Existierende heimgesucht wird, ja das vielleicht die Substanz der Welt selber ist.

Ästhetisch läuft eine solche Haltung auf die entschiedene Negation aller poésie pure hinaus; und in der Tat leitet Neruda in einer seiner wenigen programmatischen Schriften, der Vorrede zu der Madrider Zeitschrift ›Caballo verde‹ (1935), daraus, vollkommen konsequent, eine Reihe von Forderungen an die Dichtkunst ab, deren Wurzel eben der Begriff der Unreinheit ist.

Das ist ein Programm, so fern wie nur möglich allem Kalkül und allen Schablonen – auch denen einer abgelebten Avantgarde; ein Programm der Vielfalt. Nicht nur darin, daß Nerudas Poesie alles, was sie auf der Welt vorfindet, mit einer elementaren Kraft mitschwemmt; Vielfalt auch in der formalen Beschaffenheit des Verses. Neruda verschmäht die Technik des Mosaiks; er hat sich nie auf das Puzzlespiel der Montage, nach dem Vorgang Ezra Pounds, eingelassen. Das Disparate wird nicht, Ausschnitt gegen Ausschnitt, zur Collage vereinigt, sondern mit einer Gelassenheit aufgezählt, die indianisch anmutet. Nerudas Gedichte wenden sich immer an das Ohr eines Zuhörers, nicht an das Auge eines Lesers. Eine uralte poetische Kategorie, die von der klassischen Ästhetik seit jeher ignoriert worden ist, kommt darin zu ihrem Recht; die des Tonfalls. Kein metrisches Gesetz, sondern der Tonfall bestimmt den Rhythmus dieser Texte. Er wechselt fortwährend, auch innerhalb des Gedichtes; Feststellung, Vorschlag, Parenthese, Bericht, Beschwörung, Frage, Anrufung, Litanei, zweifelnde und meditierende, brütende und bohrende, klagende, fordernde, suchende Stimme: ein und dieselbe in fortwährender Verwandlung. Zuweilen ist ihr Tonfall fast getragen, sublim, feierlich wie in den Gesängen des Saint-John Perse; aber unbestechlich, unbeirrbar hebt sie in der folgenden Strophe, mit derselben Kraft, die Banalität auf, den Schnürsenkel, den Besen, das Buntpapier. Ein wilder Humor, weit entfernt von den Berechnungen des Witzes, sitzt in den Figuren der Gedichte, wo der Tonfall umschlägt. So heißt es mitten in den herzzerreißenden Klagestrophen des Gedichtes ›Walking around‹:

Freilich wäre es köstlich,
mit gezückter Lilie einen Notar zu erschrecken
oder mit einem Schlag meines Ohrs eine Nonne zu töten.
Es wäre herrlich,
mit einem grünen Messer durch die Straßen zu laufen
und bis zum Erfrieren die Luft mit Schreien zu füllen.

Vieles ist der Mannigfaltigkeit dieser Poesie zugute gekommen. Whitmans Atem, der gewaltige Blasebalg einer neuen Poetik ohne metrisches Asthma, durchweht das ganze Werk. Majakowski wäre zu nennen, der explosivste unter den modernen Russen; Lautréamonts Traumgelatine und ihre Entwicklung durch die Surrealisten. Die Spanier des goldenen Jahrhunderts, Quevedo und Góngora, sind untergründig am Werk. Die Unaufhörlichkeit der Romanceros der Alten und der Neuen Welt tönt durch Nerudas Gedicht, die Lieder der Hirten und der Kesselschmiede, der Zigeuner und der Banditen sind hier transponiert, fern von romantischer Folklore. Der Schatten der Liturgie, der das Blut der spanischen Sprache gefärbt hat, fällt über dieses Werk, und endlich wirkt, im verborgenen, das mächtige Residuum des indianischen Erbes mit.

Und warum diese Gedichte, so ließe sich fragen, und nicht ebensoviel andere aus einem enormen, weitverzweigten, kontradiktorischen Corpus von mehr als dreißig Gedichtbänden, das Neruda schon zu seinen Lebzeiten zum Klassiker gemacht hat?

Die Antwort auf diese Frage könnte ich mir leichtmachen und sagen: Es sind gerade die hier vorgelegten Texte aus den beiden Bänden der Residencia en la Tierra, an denen ich selber am meisten gelernt und gewonnen habe: kein geringfügiges Motiv für einen, der Gedichte schreibt, und die aufrichtigste Art, einem Autor zu danken, ohne den man sich die eigene Arbeit nicht denken könnte. Aber doch ein Grund, der andere Leser gleichgültig lassen muß, und ein Grund, für den seinerseits Gründe zu finden wären.

Neruda, dies ist ein solcher Grund, ist kein Singular. Eine ganze Schar von Dichtern, so könnte es scheinen, hat unter diesem Namen geschrieben: ein prunksüchtiger junger Romantiker und Rhetor; ein glühender Patriot des lateinamerikanischen Kontinents; ein erbitterter Stalinist; ein menschenscheuer Inselbewohner; ein kosmopolitischer Repräsentant der sozialistischen Kultur; ein bird-watcher; ein landflüchtiger

Politiker; ein gewandter Diplomat; ein »im Garten der Liebe herumirrender Cavalier«; und mit alledem wären seine Verwandlungen bei weitem nicht beschrieben. Die Anklagen, die Lobreden, die Polemiken und Auseinandersetzungen um Neruda sind endlos. Früher als einer der rabiatesten Verfechter kommunistischer Parteipolitik verschrien, hat er sich in den sechziger Jahren schärfste Kritik von links zugezogen, weil er zu einer Zeit, da in Vietnam Kugelbomben auf eine wehrlose Bevölkerung fielen, eine amerikanische Ehrung entgegennahm und mit Vertretern der peruanischen Oligarchie speiste, während in den Bergen Guerillas fielen. Hier ist nicht der Ort, Nerudas politischen Kurs zu erörtern. Alle Widersprüche dieser Existenz sind in das Werk eingegangen, an dem Neruda mehr als ein halbes Jahrhundert geschrieben hat. Aber in keinem einzigen seiner Bücher, scheint mir, sind sie allesamt angekündigt und aufgehoben wie in der Residencia. Keines ist deshalb reicher und unerschöpflicher, auch schwieriger und dunkler, weniger auflösbar durch Interpretation und ideologische Analyse. Es ist ein Buch voller Widerstände und unausgesprochener Möglichkeiten. Deshalb, so scheint mir, lohnt es auch heute noch die Lektüre. An seiner Trauer, seiner Ironie und seiner verzweifelten Hoffnung ist nichts aktuell, aber alles frisch.

H. M. E.
Frankfurt am Main, 1968

INDICE

INHALT

Bibliothek Suhrkamp

Verzeichnis der letzten Nummern

862 Ogai Mori, Die Wildgans
863 Karl Krolow, Im Gehen
865 Gertrud von le Fort, Die Tochter Farinatas
866 Joachim Maass, Die unwiederbringliche Zeit
867 Stanisław Lem, Die Geschichte von den drei geschichtenerzählenden Maschinen des Königs Genius
868 Peter Huchel, Margarethe Minde
869 Hermann Hesse, Steppenwolf mit 15 Aquarellen von Gunter Böhmer
870 Thomas Bernhard, Der Theatermacher
871 Hans Magnus Enzensberger, Der Menschenfreund
872 Emmanuel Bove, Bécon-les-Bruyères
873 Max Frisch, Biografie: Ein Spiel, Neue Fassung 1984
874 Anderson/Stein, Briefwechsel
875 Rafael Sánchez Ferlosio, Abenteuer und Wanderungen des Alfanhui
877 Franz Hessel, Pariser Romanze
878 Danilo Kiš, Garten, Asche
879 Hugo von Hofmannsthal, Lucidor
880 Adolf Muschg, Leib und Leben
881 Horacio Quiroga, Geschichten von Liebe, Irrsinn und Tod
882 Max Frisch, Blaubart
883 Mircea Eliade, Nächte in Serampore
884 Clarice Lispector, Die Sternstunde
885 Konrad Weiß, Die Löwin
887 Jean Grenier, Die Inseln
888 Thomas Bernhard, Ritter, Dene, Voss
889 Max Jacob, Höllenvisionen
890 Rudyard Kipling, Kim
891 Peter Huchel, Die neunte Stunde
892 Scholem-Alejchem, Schir-ha-Schirim
893 Ferreira Gullar, Schmutziges Gedicht
894 Martin Kessel, Die Schwester des Don Quijchote
895 Raymund Queneau, Mein Freund Pierrot
899 Thomas Bernhard, Der Untergeher
900 Martin Walser, Gesammelte Geschichten
901 Leonora Carrington, Das Hörrohr
902 Henri Michaux, Ein gewisser Plum
903 Walker Percy, Der Kinogeher
904 Julien Gracq, Die engen Wasser
909 Marie Luise Kaschnitz, Menschen und Dinge 1945
910 Thomas Bernhard, Einfach kompliziert

Bibliothek Suhrkamp

Alphabetisches Verzeichnis